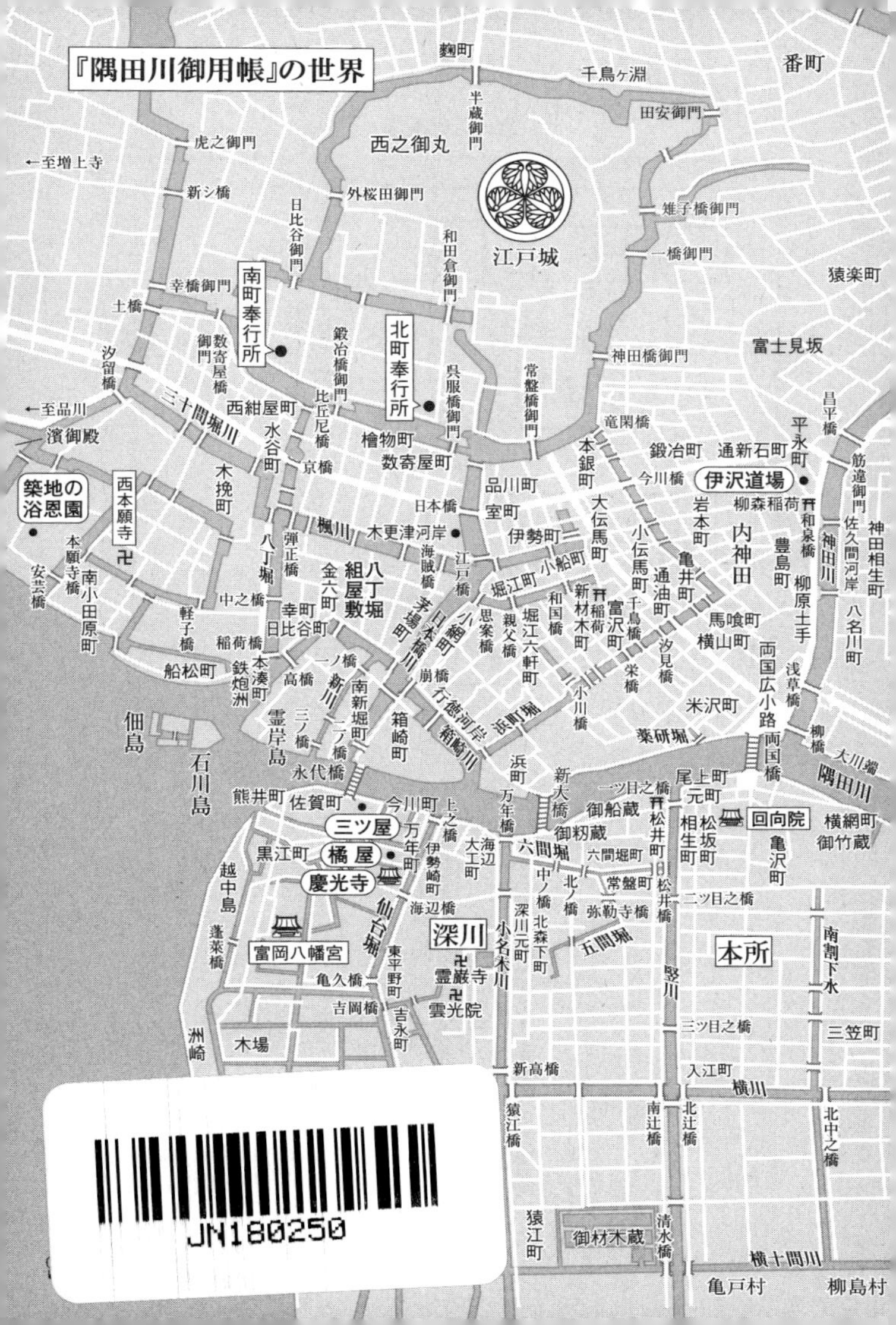
『隅田川御用帳』の世界
麹町
番町
千鳥ヶ淵
田安御門
半蔵御門
西之御丸
虎之御門
←至増上寺
新シ橋
外桜田御門
雉子橋御門
日比谷御門
和田倉御門
江戸城
一橋御門
猿楽町
幸橋御門
土橋
南町奉行所
北町奉行所
数寄屋橋御門
鍛冶橋御門
呉服橋御門
常盤橋御門
神田橋御門
富士見坂
汐留橋
←至品川
濱御殿
三十間堀川
西紺屋町
水谷町
比丘尼橋
檜物町
数寄屋町
竜閑橋
本銀町
鍛冶町
通新石町
平永町
昌平橋
築地の浴恩園
西本願寺
木挽町
京橋
品川町
今川橋
伊沢道場
筋違御門
日本橋
室町
大伝馬町
岩本町
柳森稲荷
和泉橋
佐久間河岸
神田相生町
楓川
木更津河岸
伊勢町
内神田
神田川
八丁堀
弾正橋
海賊橋
江戸橋
小船町
小伝馬町
亀井町
豊島町
本願寺橋
安芸橋
南小田原町
金六町
組屋敷
八丁堀
茅場町
堀江町
新材木町
稲荷
通油町
柳原土手
八名川町
中之橋
幸町
日比谷町
日本橋川
小網町
思案橋
親父橋
和国橋
堀江六軒町
富沢町
千鳥橋
馬喰町
横山町
軽子橋
稲荷橋
一ノ橋
崩橋
汐見橋
両国広小路
浅草橋
船松町
鉄炮洲
本湊町
高橋
新川
南新堀町
行徳河岸
箱崎川
浜町堀
栄橋
小川橋
米沢町
佃島
霊岸島
三ノ橋
二ノ橋
箱崎町
薬研堀
柳橋
大川端
石川島
永代橋
浜町
新大橋
尾上町
元町
両国橋
隅田川
熊井町
佐賀町
今川町
上之橋
万年橋
一ツ目之橋
御船蔵
松井町
相生町
松坂町
回向院
横網町
御竹蔵
三ツ屋
万年町
海辺大工町
御籾蔵
六間堀
六間堀町
亀沢町
黒江町
橘屋
伊勢崎町
中ノ橋
北ノ橋
常盤町
慶光寺
松井橋
二ツ目之橋
越中島
海辺橋
深川元町
北森下町
弥勒寺橋
仙台堀
深川
小名木川
五間堀
本所
南割下水
蓬莱橋
富岡八幡宮
東平野町
霊巌寺
竪川
亀久橋
雲光院
吉岡橋
吉永町
三ツ目之橋
三笠町
洲崎
木場
新高橋
入江町
横川
猿江橋
南辻橋
北辻橋
北中之橋
猿江町
御材木蔵
清水橋
横十間川
亀戸村
柳島村
JN180250

慶光寺配置図

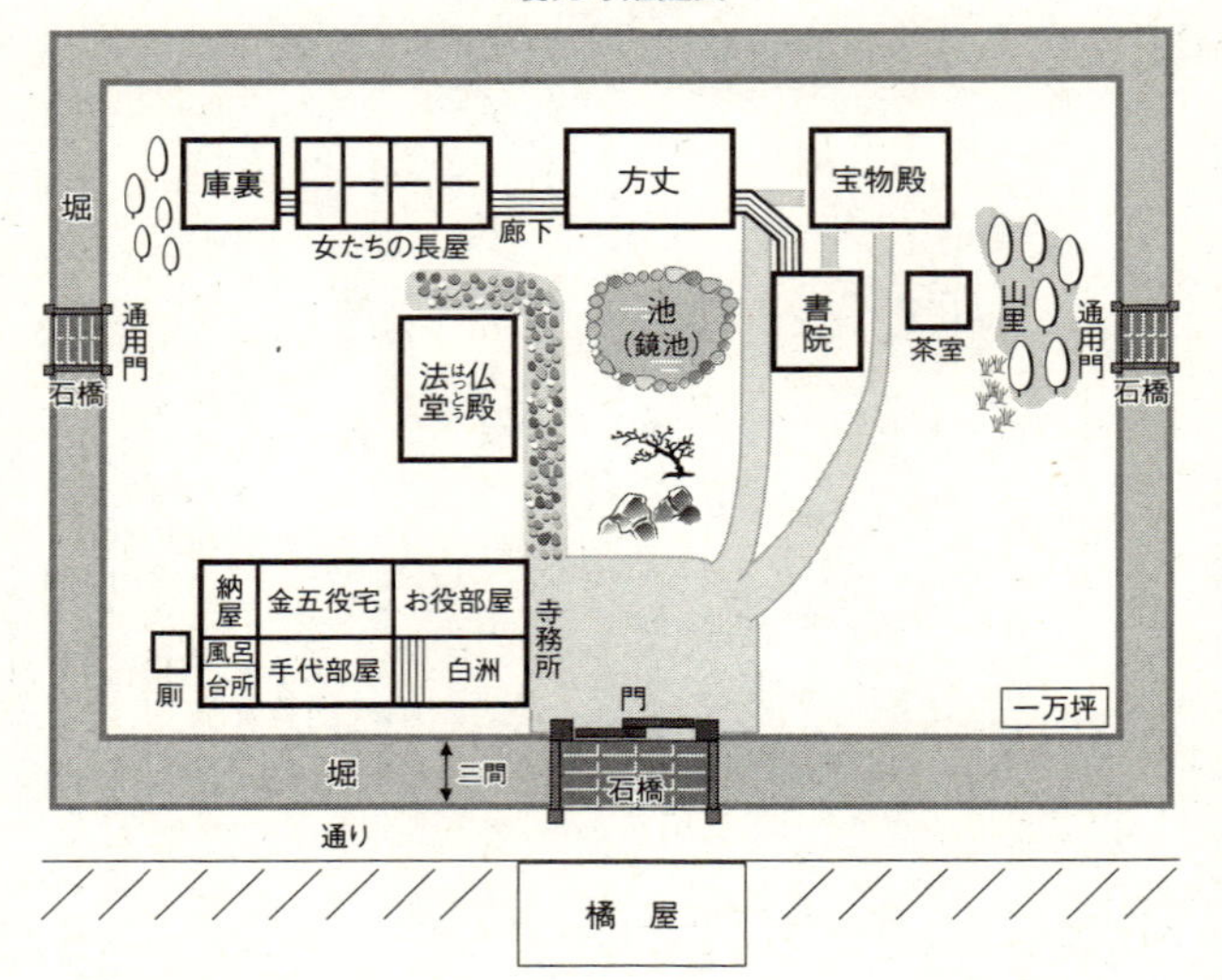

方丈（ほうじょう）　寺院の長者・住持の居所。

法堂（はっとう）　禅寺で法門の教義を講演する堂。他宗の講堂にあたる。

庫裏（くり）　寺の台所。住職や家族の居間。

「隅田川御用帳」シリーズ　主な登場人物

塙十四郎
築山藩定府勤めの勘定組頭の息子だったが、家督を継いだ後、御家断絶となったため浪人に。武士に襲われていた楽翁を剣で守ったことがきっかけとなり「御用宿　橘屋」で働くことになる。一刀流の剣の遣い手。寺役人の近藤金五はかつての道場仲間。晴れてお登勢と夫婦になる。

お登勢
橘屋の女将。亭主を亡くして以降、女手一つで橘屋を切り盛りしている。晴れて十四郎と夫婦となる。

近藤金五
慶光寺の寺役人。十四郎とは道場仲間だった。

近藤千草
近藤金五の妻。以前は諏訪町の道場主だったが、出産を機に道場を十四郎に委ねる。

藤七
橘屋の番頭。十四郎とともに駆け込み人の調べなどをするが、捕物にも活躍する。

万吉
橘屋の小僧。孤児だったが、お登勢が面倒を見ている。

お民
橘屋の女中。

おたか　橘屋の仲居頭。

松波孫一郎　北町奉行所の吟味方与力。十四郎、金五が懇意にしており、橘屋ともいい関係にある。

柳庵　橘屋かかりつけの医者で、本道はもとより、外科も究めている。父親は奥医師をしている。

万寿院（お万の方）　十代将軍家治の側室お万の方。落飾して万寿院となる。慶光寺の主。

楽翁（松平定信）　かつては権勢を誇った老中首座。隠居して楽翁を号するが、まだ幕閣に影響力を持つ。

秋の蟬

隅田川御用帳（十八）

第一話　ほととぎす

一

「では、私はここで……」

　塙十四郎を門の外まで見送って来た深井輝馬は、笑みを湛えて言った。

「いや、楽翁様には大事がなくてほっとしました。これで万寿院様も胸をなで下ろされる」

　十四郎も微笑んで答える。

　この日慶光寺の万寿院は、楽翁が夏風邪をひいて臥せっていると聞き、十四郎を自分の代役として楽翁の見舞いに浴恩園に遣わしたのだった。

　十四郎が浴恩園を訪れるのは、柏崎出張から戻った時以来だったが、楽翁は

思ったより血色も良く、既に床も上げていて、

「万寿院殿がわしを案じて十四郎をよこすとは……たまには風邪をひいてみるものじゃな」

などと老爺の照れた顔を見せてくれたのだった。

文机の上には、したためた書状が置いてあって、それを家来に持たせて使いに出したところをみると、いまだに政に目を光らせているのは明白だ。

十四郎たちを越後に向かわせたのも、隠居してもなお、その権力が少しも揺るぎのないことを物語っている。

とはいえ、本日は冗談を飛ばして好々爺の一面をみせるなどして、十四郎と輝馬を大いに笑わせてくれたのだった。

楽翁は老中を退き久しい。また、藩政からも身を引いてはいるが、いまだに将軍も一目置いている。十四郎たちにとっては雲の上の人だ。

そのような人と親しく談笑したひとときは、二人をいいようのない高揚感に包んでいた。

見送りに出て来た寡黙な輝馬が、

「近いうちに飲みましょう」

などと十四郎を誘うのもその現れか。十四郎もすぐさま頷き、

「それなら駒形堂の『江戸すずめ』だな」

などと快く応じる。

なにしろ二人は、柏崎の陣屋で難事件を解決して帰参している。

十四郎がいう江戸すずめとは、楽翁が老中だった頃の密偵、小野田平蔵が隠居したのち開いている店のことだ。

実はこの小野田平蔵も、十四郎が越後の地に出張の折には、供として同道してくれた一人であった。

楽翁の命で十四郎が越後の国に出張した折、まず前半は小野田平蔵が供をし、後半は深井輝馬が供をしたのだ。

三人一緒という訳ではなかったが、ともに命の危険にさらされながらも楽翁から受けた任務を無事終えて帰ってきた三人である。

今では生死を共にした者として強い絆を覚えているのだった。

「いや、それなら、十四郎殿のお内儀が営む『三ツ屋』がいい。すごい美人だと聞いている。一度ぐらい顔を拝ませてもらいたいものだ。平蔵殿もきっとそう言う」

輝馬は言った。

「分かった。すごい美人かどうかは分からぬが、何、お登勢も一度お礼を申し上げたいなどと言っておったところだ。頃合をみて連絡しよう」

十四郎は照れながら言い、浴恩園を後にした。

『橘屋』のお登勢と一緒になって六か月、まだお登勢の名を口に出すのも面はゆい心地の十四郎だ。

暮らし向きは相変わらず橘屋と諏訪町の道場を行き来していて多忙だが、妻を娶ったという充実感はひしひしと感じている。

それというのも、お登勢は妻としても十四郎が心に描いていた通りの人だったからだ。

昼間は駆け込み寺の御用宿をてきぱきと営む以前と変わらぬ女将だが、夜はひたすら十四郎に心を添わせる従順な女なのだ。

しかも人には言えぬが、お登勢の匂うばかりの肌の美しさは、若い女の硬い肌とは違う成熟した魅力があった。

――それにしても輝馬め……。

すごい美人だなどと言いおって……どこの誰に聞いたのだ。

内心まんざらでもない思いに浸りながら、南八丁堀《みなみはっちょうぼり》四丁目の角まで戻ったその時、十四郎は中《なか》ノ橋《はし》の欄干《らんかん》から下を覗き、流れる川面を深刻な顔で見詰めている妙齢の女を見た。

頃はまもなく暮六《くれむ》ツ（午後六時）を迎えようというところだ。行き交う人もなく、そんな場所で女が一人佇《たたず》んでいる姿は尋常とは思えなかった。

十四郎が橋を渡り始めようとしたその時、むこうの岸にどこかのお店者《たなもの》の男が二人走ってきて、橋の上の女に気付いて立ち止まった。そして、

「いたぞ！」

女を指して叫んだ。

すると女は、男たちに気付いてぎょっとし、次の瞬間欄干に上半身をのせた。

「あぶない！」

十四郎は猛然と走り寄ると、頭から川面に落ちそうになった女の体を摑《つか》んで力一杯引き寄せた。

「何をするのだ！」

橋の床にくずおれた女に叫んだ。

「後生《ごしょう》ですから死なせて下さい」

女は悲痛な顔で訴える。

丸顔の色の白い女だった。しかも町人ではない。着物はくたびれた木綿だが、しかるべき武家の出だろうという察しはついた。

するとそこへ、お店者の男二人が走ってきた。

一人は痘痕面の中年の男で、もう一人は青白い顔の若い男だった。二人とも茶色い前垂れをしている。慌てて女を追っかけてきたようだ。

「ようやく見付けた。さあ、ご亭主のところに案内していただきましょうか」

痘痕面の男が言った。

男の言葉は丁寧だが、有無を言わさぬ居丈高な態度である。

「いったい何があったのだ。この女は死のうとしたのだぞ。訳を話してくれんか」

女を庇って立った十四郎に、

「お侍さん、退いていただけませんか。私たちは何もこの人をとって食おうなんて言っているのではございません。実は私どもは北紺屋町で小間物を扱っておりますす『錦屋』の者でございますが、こちらの方はうちの店の品を万引きしたのでございますよ」

痘痕面の男は冷笑を浮かべて言った。

「何……万引きだと？」

十四郎は女を見た。

すると女は、いやいやをして、

「私は、万引きなどしておりません」

怯(おび)えた顔で言う。

「嘘を言ってもらっては困りますよ、その巾着(きんちゃく)に紅(べに)が入っていたではありませんか」

若い青白い顔の男が、女が提(さ)げている巾着を指した。

「私の知らないうちに入っていたのです。確かにお二人にとがめられて、袋の中を確かめて紅が入っているのに気づきました。でも、わたくしは万引きなどしておりません。それに、袋の中に入っていた紅はお返ししたではありませんか」

女は必死に訴える。

「紅が独りで袋の中に入るのですか……まさかね」

青白い顔の男は、にやりと笑って、

「そういう態度だから、こちらも許せないのですよ。素直に謝ればいいものを……こちらとしましても、ご亭主にもひとこと、文句の一つも言わないと示しがつきません。ああそうですかとこのままにしておくと、また同じことをされるかもしれません。それでは、こちらも困りますので」

「なんということを……どこまで私を貶めるのですか！」

女は怒りで声を震わす。

「とにかく、家に案内していただきましょうか」

青白い顔の男がずいと女に歩み寄り、その腕を掴んだ。

だが次の瞬間、十四郎は青白い顔の男の手を掴んでいた。

「いてて、何をなさいます」

きっと十四郎を睨んだその男に、

「品物は返したというのなら、それで勘弁してやってもよいではないか。この女は私が預かる。私は深川にある御用宿『橘屋』の者だ。文句があるなら、橘屋に出直してまいれ」

十四郎は険しい目で二人を睨みつけた。

「どうぞ、それを召し上がって。気持ちも落ち着きましたら、お送り致しますので、ご安心下さいませ」

　お登勢は、青白い顔で俯いて座っている女の前に、冷えた麦湯と、ギヤマンの小皿に入った葛餅を差し出した。

　きらきらと光沢のある器に、透明な生地の餅にきなこがかかっていて、それにとろりと黒蜜がかかっている。そして小皿には青竹の肌も瑞々しい小さな匙がそえてある。

　ギヤマンと透明な葛餅と黒蜜と青竹の匙、一見しただけで目を奪われる京の香りのする器の中の演出は見事である。

　近頃三ツ屋に登場した一品だが、奈良の葛で作った本格的な葛餅は、大変な人気となっている品のひとつだ。

　俯いていた女は、ギヤマンの皿に移した視線を、今度はゆっくりと上げ、

「申し訳ございません。ご迷惑をおかけしてしまって……」

　思い詰めた顔でお登勢に頭を下げた。

　十四郎が連れ帰ってきたこの女の名は、島田加奈というらしい。

　夫の名は禎治郎で浪人だと告げ、住まいは南八丁堀一丁目の裏店だと話してくれた。

だが、加奈がうちあけてくれた話はそこまでで、迷いの顔を俯けて多くを語ろうとせずに座り続けているのである。

階下や隣室からの、多くの客の賑やかな様子が、この部屋にも届く。

「この葛餅は、口当たりが良いぞ。さあ、食べてみなされ」

十四郎が勧めれば、お登勢も、

「甘い物を頂くと気持ちも落ち着きます。加奈さん、葛は葛でも、この江戸の葛餅とはひと味違いますよ」

微笑んで勧めるお登勢は、もう一度加奈の膝元に、つつっとギヤマンの小皿をすべらせた。

加奈は小さく頷くと、申し訳なさそうにギヤマンの小皿を取り上げた。ここまで勧められて手にとらなければ、礼を失する。

加奈は青竹の匙で葛餅をすくい、口の中に入れた。

「……………」

硬かった加奈の表情が、一瞬緩んだ。

「いかがですか？」

お登勢は、笑みを浮かべて加奈の顔を覗いた。

「美味しい……」

加奈は呟き、目もとをほころばせてお登勢を見た。

「このように美味しい葛餅を食べたことがございません」

「お江戸の葛餅は、見た目も白っぽいでしょう？……小麦粉から作っているからです。今食べて下さいましたこちらの葛餅は上方から取り寄せたもので、奈良の吉野の山でとれた葛の粉で作ったものです。味わいが違いますでしょう？」

お登勢が尋ねると、

「ええ、舌触りがとても……なんと申しますか、しっとりとして……」

そう言う加奈は、形の良い唇が、まだ今の食感をなぞっているように見える。

「よかったこと、気に入っていただいて……」

お登勢は少しほっとして加奈を見た。すると加奈は、

「塙様に助けていただいたばかりか、見ず知らずの私に、このようにお気遣いいただきまして……」

恐縮してお登勢の顔を見返すが、すぐにまた顔を曇らせて俯いた。

「万引きしたと言われたことを、まだ悩んでいるのか」

十四郎が訊いた。

「……」

加奈は、じっと考えている。

「もう終わったことだ。忘れなさい」

「でも……」

加奈は白い顔を上げると、

「いくら私が覚えがないと言っても、あの店の者が私の住まいをつきとめて、姑や夫に告げるのではと……そうなれば夫の仕官の話に水を差すのではないかと、それが恐ろしいのでございます」

「ご亭主に仕官の話があるのか……」

十四郎は驚いて加奈の顔を見直した。

「はい。まだはっきりとした話ではございませんが、さるお大名のご家来衆に加えていただくという話を聞いたばかりでございまして……それを思うと、家には帰り辛くて……」

「でも、覚えがないのでしょう……覚えがないのに、そちらの巾着に紅が入っていたなんて……」

お登勢が言い、十四郎を見た。十四郎も頷いて、

「加奈殿、なぜそういうことになったのか、小間物屋での話をしてくれないか。加奈殿がここに来るまでに口にした、私は狙われていたのかしらという言葉が気にかかるのだ」

十四郎の問いかけに、加奈は少し逡巡したようだが、一呼吸おいてから小さく頷いた。

「実は、あの店に行くことになったのは、義母から頼まれたからなんです」

「お姑さんから頼まれたって、何を求めにいらしたんですか？」

お登勢が訊いた。

「夫の印籠です。随分と古くなって塗りが剝げてしまって見苦しい。仕官ともなれば人の目もある、義母がそう申しまして、あの店なら良い物があるらしいと……」

加奈には戸惑いが見える。

「すると、お姑さんは小間物屋の錦屋さんを知っていたということですね」

「たぶん……でも、私は初めて聞くお店の名前でした。義母もこれまでは、小間物は隣町の『佐倉屋』さんで求めていましたから、錦屋さんのことは知り合いのどなたかに聞いたのだと存じます」

加奈はそう言うと、今日訪ねた錦屋での出来事を、十四郎とお登勢に語った。

ことの始まりは、今日の昼過ぎのことだった。

日本橋の料理屋『清井』の仲居の仕事をしている姑が珍しく早く帰宅するや、加奈に使いに行ってくれないかと言ったのだ。

姑のおいわと加奈夫婦は、隣り合った長屋を借りている。

夫の禎治郎は口入屋から仕事をもらい、加奈は筆耕の内職に精を出し、姑のおいわは料理屋で働くといった暮らしが、加奈が禎治郎と夫婦になってから、ずっと続いている。

加奈はすぐ内職を中断して、姑に言われた北紺屋町に向かった。

姑から聞いた錦屋は大通りに『萬小間物所』と大きく文字の入った日よけ暖簾が掛かっていた。その暖簾には『御懐中物様々』『白粉、紅、鬢付け油』『紙入れ、煙草入れ』『根付、かんざし』などという文字が見える。

ずいぶんと色々な品をとりそろえている大店なのだなと気後れがして、おそる おそる店の中に入ると、意外や意外、客は加奈の他には中年の町の女が一人、店の手代と簪を選んでいた。

加奈は、応対に出てきた手代に、印籠を見せてほしいと頼んだ。

店の上がり框に腰を据え、手代が印籠をいくつか選んでくれている間に、加奈は近くに並べてある貝紅に目がとまった。

紅の入った貝殻には十二単を身につけた平安の女の姿が描かれている。貝殻の地肌は金箔で、思わず立っていって手に取って見た。

「それは源氏紅と申します。うちが力を入れております商品です」

背後に別の手代が近づいて来て説明してくれる。

「美しいこと……」

加奈はため息を漏らしてから、その貝紅を元の場所に戻した。

丁度そこに、先ほどの手代が箱に数点の印籠を持ってきたのを見て、加奈は元の場所に引き返し、上がり框に腰を落とした。

「どうぞ、ご覧下さいませ」

手代は、選んできた数点の印籠を、加奈の側に置いた。

一見してずいぶんと値の張る物ばかりだと思った。

漆黒の漆の上に、二羽の小鳥や山に月、富士山など精巧な蒔絵が施されている。

「お高いのでしょうね」

加奈が尋ねると、

「はい、いずれも一両前後の物ばかりです」

「一両……」

加奈は息をのんだ。姑に言われて心づもりはしてきたが、金額を聞いて二の足を踏んだ。

一両あれば、一月なんとか暮らしていける金額だ。

確かに仕官を控えた夫のためには、これぐらいの物は懐中してほしいものだが、とても手が出る額ではない。

「こちらは？」

加奈は、隅にひとつだけある、蒔絵の施(ほどこ)されていない漆の色一色の印籠を取り上げて訊いた。

「そちらは一朱(しゅ)でございます」

「そう……」

一朱だって今の加奈には大金だった。一朱あれば、長い間口にしていない卵やかまぼこなど、いや、かつおだって食べられるではないか。

——本当に夫が必要としているのか、本人に確かめてから買ってもいいのではないか……。

　加奈は、あれもこれも手にして眺めていたが、

「せっかく出していただきましたが、今一度出直して参ります」

　丁寧に断りを入れて立ち上がり、錦屋を出た。ところが、

「もし、お待ち下さいませ」

　先ほど紅の説明をしてくれていた手代に呼び止められて振り返ると、

「恐れ入ります。お内儀様の、その巾着の中に貝紅が入っているのではありませんか？」

　顔は笑っているが、鋭い目で訊いてきた。

「貝紅……まさか、そんなものが入っている訳がないではありませんか」

　加奈は一瞬ぽかんとして言った。だがすぐに、得体の知れない恐ろしさに襲われた。

「申し訳ありません。お確かめ下さいませ」

　手代は丁寧な物言いだが、その目は加奈を疑っている。

「私が万引きをしたと、そうおっしゃりたいのですか」

　さすがに加奈も苛立ちを見せた。

「ひとつ紅が足りないのでございますよ」

「知りません、私は万引きなど致しておりません！」

　きっぱりと言ったが、番頭も、先ほど印籠を見せてくれた手代も走り出てきて加奈を囲んだ。

「もしも万一、手前どもの勘違いならば、十分なお詫びを致します。手前どもの店では、店を閉めた後で売り上げなどの勘定を致しますが、銭一文の狂いも許されないのです。狂いの原因を突き止めるまで、夕食はお預け、疲れたからといって床に入ることも許されません。手代の申しますには、先ほどお内儀様が紅をご覧になったすぐ後で、並べ直しをしようとしましたら、源氏紅がひとつ無くなっているのに気づいたというのです。ああ、そうなのか、お内儀様がご覧になっていらしたから、きっと勘定を済ませてお帰りになるのだと。そう思っていたところ、お内儀様は精算もしないで帰ろうとなさる……」

「人を愚弄して……この袋に貝紅が入っている筈はございません！」

　加奈は怒り心頭、袋の口を開けて、番頭の前につきだした。

　その時だった。

「あっ」

　手代が横手から、加奈の巾着をひったくって、素早く巾着袋の中に手を突っ込み、

「あった！」

　なんと手代が、貝紅を摑み出したのだ。

「そんな！……知りません！」

　加奈は手代の手から巾着を奪い取ると、走り出した。突如ふりかかった火の粉を払いのけるには、急いで店を離れることしか考えられなかった。

「待ちなさい！」

　背後から声がしたが、加奈は町内の路地を走り抜けて、ようやく中ノ橋まで逃れてきた。

　背後を振り返ってみたが、追っかけてきた番頭と手代は、あきらめたのか姿が見えない。

「………」

　大きく息をする。意識はしていなかったが、立ち止まってみると体がぶるぶる震えている。

　息を整えながら、加奈は橋の上から眼下の川の流れに目を遣った。

――帰れない、もう家には帰れない……。

このまま帰って万引きの疑いが掛けられたことが分かれば、夫はともかく姑はなんと言うだろうか。普段から激しい気性の姑には、加奈はびくびくして暮らしてきたのだ。

ふっと死ぬしかない、そう思って欄干に体をのせた時に、走ってきた十四郎に背後から引き止められたのだと言う。

自分にとっては予期せぬこと、でも決して私は貝紅など万引きした覚えはないのだと、じっと耳を傾ける十四郎とお登勢に告げた。

「ふうむ……」

十四郎は、組んでいた腕を解いて加奈に言った。

「今聞いた話が本当なら、どうやら嵌(は)められたのかもしれぬな」

「……」

加奈は怯えた顔で十四郎とお登勢を見た。

「何か心当たりはありませんか」

お登勢が聞くが、加奈は首を横に振って否定した。

「おかしなことがあるものですね」

お登勢も首を捻ると十四郎と顔を見合わせた。

二

加奈の夫、島田禎治郎が橘屋にやってきたのは、その日の夜遅くのことだった。

加奈がどうしても家には帰りづらいというので、お登勢はいったん加奈を三ツ屋から橘屋に連れてきていた。

そして若い衆を使いに出して、加奈を預かっている、明日にでも迎えに来るように、と夫に知らせたのだ。

むろん若い衆は、詳しい話は夫にはしていない。ただ心配することはありませんとだけ告げていた。

すると禎治郎は、その晩のうちに橘屋に現れたのだ。

若い衆が禎治郎に会った時の様子では、加奈の帰りが遅いのを心配していたらしいから、いったい何が起こっているのか案じてのことらしい。

「妻の加奈が、こちらで世話になっていると聞いて参った。島田禎治郎と申す」

禎治郎は玄関に出たお登勢に頭を下げた。

背が高く、眼光鋭い鼻筋の通った男だった。

加奈は二十三歳だと聞いているが、夫の禎治郎は二十六、七かと思える。

「私はこの宿の女将でお登勢と申します。どうぞ、お上がり下さいませ」

お登勢は禎治郎を小部屋に入れた。

すぐに十四郎を呼び、加奈が万引きの疑いを掛けられて入水しようとしたことを告げた。

「妻が死のうとしたと……」

禎治郎は絶句した。

「そなたの仕官を気にしてな。むろん、たちの悪い言いがかりなのだが、このままではそなたの仕官の話に悪影響するのではないかと思ったようだ」

「馬鹿な、まだ決まった話ではない。海の物とも山の物ともつかぬ話です」

禎治郎は困惑した顔で言った。

「お姑さんへの気遣いもあるようなのですが……」

お登勢は、禎治郎の顔を窺った。

「母にはこの話は致しません」

禎治郎は言った。

「それを聞いて安心致しました」

お登勢はほっとして、

「お民ちゃん！」

お民を呼びつけると、すぐに加奈を連れてくるよう告げた。

加奈は橘屋の二階の部屋に居る。一刻（二時間）ほど前にお登勢が案内したところである。

その時加奈は、お登勢に礼を述べた後、改まって、

「おかみさん、私は今日、塙様にお助けいただいて三ツ屋に、そしてそののち、こちらの橘屋にも連れてきていただきましたが、大変驚いております。お話を伺ったところでは、橘屋さんは縁切り寺の御用宿、そして三ツ屋は夫と縁を切った女たちが働いているのだと伺いました。皆様、そんな過去があるなどと思いもよらない明るさで、生き生きと働いていらっしゃいました。このような世界もあるのかと、そういう生き方もあるのかと、私は叱咤激励されているように思いました」

まっすぐにお登勢を見詰めて言った。

十四郎が三ツ屋に連れてきた当初とは、まったく目の色も違って見えたのだ。

お登勢は、にこやかに頷くと言った。

「そのように感じていただければ私としても本望です。女の方から縁を切る決心をするのは大変なことです。それだけに、縁を切った後も後悔はしてほしくない。ちゃんと自分の力で生きていってほしい。そう思っていますから……」

加奈はそう言うと、大きく頷いていた。

加奈の心にどのような変化があったのか、お登勢には分からないが、三ツ屋で働く女たちを見て、加奈は何か一本、背筋に心棒を立てることができたようだった。

ただ、今日のうちに夫が迎えに来るとは思ってもみなかったのか、お民に連れられて小部屋にやってきたその顔は強張っていた。

加奈はお登勢の横手に、禎治郎に横顔を見せて座った。

「話は聞いた。帰ろう」

禎治郎は、加奈が座るなり言った。

「……」

加奈は黙って俯いて座ったまま動かなかった。何か考えているようだった。

「加奈！」

禎治郎が、叱りつけるような声で呼んだ。

加奈の体が一瞬ぎくっとなった。

「聞こえないのか、帰るぞ。つまらぬことで、こちらに迷惑を掛けてはいけない」

「でも……」

加奈は思い詰めた顔を上げると、

「お義母様の耳に今日のことが聞こえてきたら、なんとおっしゃるか」

禎治郎をまっすぐ見て言う。

「知らさねばいいだけの話だ」

禎治郎は面倒くさそうに言う。

「いえ、そのうちに耳に入ると存じます。錦屋を名指しして、あなたの印籠を買ってくるように頼まれたのです。でも、値の張るものばかりで、買い求めることができませんでした」

「印籠などいらぬ」

「あなたがそうでも、お義母様はあなたに新しい印籠を持ってもらいたいのです。ですから私は、お義母様に相談してから、再度お店に出向くつもりでした。それなのに……私があの店にはもう行きたくないとお使いを断れば、お義母様は不審に思うと存じます。それならと、ご自分でお店に出向くことになるでしょう。私が疑いを掛けられたことは、遅かれ早かれ知ってしまいます」

「万引きはしていないのだ。母が知ったところで問題はない。それに、俺は新しい印籠などいらぬ」

「でも、それではお義母様が」

「いらぬと俺が言っているのだ。俺が買い求めるのをやめさせたと、そう言えば納得する」

禎治郎が中腰になって帰りを促しても、加奈はなかなか腰を上げようとはしない。

「加奈殿、せっかく迎えに来てくれたのだ、一緒に帰られよ。また何かあの店が言ってくるようなら、相談に乗ろう」

十四郎がそう言えば、お登勢も、

「そうですよ。今日はお帰りになって、せっかく迎えに来て下さったのですから」

加奈を促す。

迷っていた様子の加奈も、それで決心をしたのか腰を上げた。

禎治郎の後ろに渋々従って帰っていくかに見える加奈を見送ると、十四郎が呟いた。

「姑がよほど怖いようだな」

だが万吉の姿は現れない。

橘屋の玄関に、お民の声が響く。

「万吉！……万吉！」

「まったく……」

お民は、ぶつぶつ言いながら、箒を持って玄関の外に出た。

お客が帰っていったあと、履き物入れの棚や玄関口を掃除するのは万吉の役目である。

ところがいつまでたっても万吉が玄関に現れない。業を煮やしたお民は、万吉に代わって掃除を始めたのだ。

昼を過ぎれば、新しい泊まり客がやってくる。それまでに掃き清め、水を打ち、塩を玄関の片隅に盛らなければならない。

腹を立てながら、あらかた掃除が終わったところに、消沈した万吉が現れて言った。

「ごめん、お民ちゃん」

「何してるのよ、怠けてるんじゃないわよ。みんな忙しいのよ。ここはあんたの担当でしょ」

お民は怒鳴りつけた。

「すまねえ、ごん太が死にそうなんだ」

万吉は、告げるや涙を流している。

「ごん太が病気なの?」

そういえば昨日も鳴き声が聞こえなかったなと、お民が思い出していると、

「ごはんも食べないんだ。どうしたらいいんだ」

お民は、急いでごん太の小屋に走った。万吉も走ってきた。

ごん太は身を横たえて、苦しそうな息をしている。その顔の横には鉢が置いてあり、手つかずのごはんが見える。

「ごん太……どうした」

頭をなでてやるが、反応がない。

「柳庵先生にお薬もらえないかな。おいら、ごん太の薬代ぐらい、持ってるよ」

「馬鹿、柳庵先生は人間のお医者様だよ。犬なんて診てくれないよ」

お民が言うと、

「おいら、ごん太が死ぬのは嫌だ。おいらの兄弟も同然なんだ」

万吉は、すっくと立ち上がった。

「犬のお医者を捜すんだ。おいら、お登勢様にお願いしてくる」

すると、そこにお登勢が近づいてきた。

「二人ともどこに行ったのかと思ったら……」

お登勢は、ごん太の異常に気づき、

「万吉、いつからなの？」

ごん太の頭にそっと手を置く。

くうんとごん太が鳴いた。万吉は泣きそうになって訴える。

「昨日からおかしかったんだ。お登勢様、犬のお医者に診てもらいたいんだけど、だめですか。おいら、薬代は持っています。これまでお登勢様から頂いたお小遣いがありますから」

万吉は必死だ。

どこの店でもそうなのだが、店の小僧丁稚などというものは、着物はお仕着せで給金などない。主の情けで小遣いが渡されるだけだ。

橘屋の万吉もそれは同じで、大した銭をもらっている訳ではない。だが万吉は、それを貯めていたようだ。

歴とした親元があって奉公に来ているのなら、小遣いも使うだろうが、万吉は孤児だ。

心細い身の上だからこそ小遣いを貯めていたに違いないのだが、その銭をごん太の治療のために使いたいのだと言う。

「万吉にとっては、ごん太は兄弟も同然。分かりました。番頭の藤七さんなら、どこに犬のお医者さんがいるか知っていると思いますよ。今帳場にいる筈だから相談してみなさい」

お登勢の言葉を最後まで聞く前に、万吉は帳場のある方に走っていった。

「お民ちゃん、しばらく万吉に厳しく言うのは控えてあげなさい」

引き返そうとしたお登勢に、

「お登勢様、ちょっとお伝えしておきたいことが……」

お民が真剣な顔で言った。

振り返って怪訝な顔をしてみせたお登勢に、

「あの、加奈さんのことですが……」

「加奈さん……三日前にここに連れてきた、あの加奈さん？」

「はい、そうです。ずっとどこかで会ったのではないかと考えていたんですが、ようやく思い出しました。三年前に会っているんです。でもその時は、お旗本のお嬢様だったんですが……」

「お旗本の……まさか、人違いではないでしょうね」

お登勢は驚いて訊いた。

「間違いないと思うんですが……お登勢様は覚えていらっしゃるでしょうか。三年前に下総からやってきたという初老の女の人を、ここに泊めてあげたことがあったでしょう？」

お民は、お登勢の反応に期待する目をしている。

「そういえば、あの人かしら、娘さんが旗本屋敷に奉公していると言っていた」

「そう！　その人」

お民は興奮した声を上げ、

「三年前に大橋で宿を探している人に会って、私がここに連れてきて、一晩泊めてあげてほしいとお願いした……」

お登勢は頷いた。

あの日、橘屋はお客で部屋は一杯だったが、お民が連れ帰ってきた人が困っているのを知り、気の毒になって布団部屋に泊めてあげたことがあったのだ。

「確か、名前はおきやさん……」

お登勢の脳裏にも鮮明によみがえってきたようだ。

「はい、そうです」

お民は頷く。

その時のおきやの話では、娘の元気な姿を見たいと江戸にやってきたものの、道中の段取りが悪くて江戸に着いたのが夕刻になってしまった。

これから屋敷を訪ねていくにも時刻が時刻だ。屋敷がどこにあって、どう行けばよいのか。またその辺りに行けたとしても、どの屋敷がそうなのか皆目見当もついていない。

そこで、今夜は宿に泊まって、屋敷を探すのは明日にしようと思ったというのであった。

お登勢とお民が、訪ねていく旗本の屋敷について訊いてみると、場所は水道橋近くにあるらしいという。そして殿様の名は斉藤兵庫。

おきやが暮らす村の領主だが、その領主斉藤家に村から女中を送ることになり、村の名主はおきやの娘おちよを斉藤家に送ったのだ。……だが、女中奉公に上がって既に三年、おきやの亭主、つまり、おちよの父親の具合が悪く、そのことも知らせたいと江戸にやってきたのだと言う。

翌朝お民は、番頭の藤七から教えてもらった水道橋の斉藤家に、おきやを送り届けることになったのだ。

屋敷はすぐに見つかった。だが門番に来訪を告げ、許しを得て中に入り、勝手口の方に向かおうとしていた二人の前に突如現れたのは、素足のまま勝手口の方から走ってきた若い娘だった。

花や蝶をあしらった友禅染（ゆうぜんぞめ）の美しい着物に西陣（にしじん）織の豪華な帯、若い娘は一目でこの屋敷の姫様だと思った。

「お待ちなさい、加奈！」

その姫様の後から、母親らしい奥方様と、用人が走ってくる。

お民とおきやは、道を空けて片側に立ち尽くした。予期せぬ光景に息をのんで見る。

「あっ」

姫様が石に蹴つまずいて立ち止まったその時、用人が素早く姫様の行く手に回り込み、両手を広げて立ちふさがった。

「いけません。姫様はご自分の身分をお考えでございますか。旗本八百石、斉藤兵庫様のご息女でございますよ。そのあなた様が、どこの馬の骨か分からぬ男と結婚するなど、許されることではございません！」

用人は痩せて老いてはいるが、厳格で頑固な口調で若い娘に言い聞かせた。

だが若い娘は、そんな言葉など物ともせずに、用人は無視して母の奥方に言い放った。

「母上様、母上も父上も、最初はあの人と一緒になることを許してくれたのではなかったのですか」

「それは……」

奥方は一瞬言葉を呑み込んだが、

「あの時は、何も事情が分からなかったからではありませんか。あなたが立派な方だと言うから、それのみ信じて良い方と巡り会って良かったと、それを申したまでのこと」

「いいえ、私は、許してくださったのだと思っていました」

　若い娘は詰め寄るように母に言う。

「それは、お稽古の上のこと」

「いいえ。私はその時、お慕いしている人だとお伝えしました。お稽古とは別の話です」

　若い娘は、全身に力を込めてくい下がった。決して母親の言うことを受け入れようなどという態度には見えない。

　するとまた、初老の用人がたまりかねて言った。

「奥方様は何もその方と一緒になるのをお許しになった訳ではございません。姫様が楽しいひとときを過ごしておられる、そのことは良いことだと、そういう意味でおっしゃったのです」

「お父上は……」

　姫様は高ぶる感情を抑えるように、震える声で言った。

「父上は、自分でよく考えなさいとおっしゃいました。後悔することはするなと」

「それは姫様のことをご心配なさってのこと。殿様も心配なさっておいでです」

「神崎！」

姫様は初老の家来を睨み据えると、今度は母親の方を見て、懇願するように、

「私は、私のお腹にはややが……」

そう言って泣き崩れたのだった。

「……」

奥方も用人も驚愕したのは言うまでもないが、一部始終を見ていたお民とおきやも仰天して顔を見合わせたのだった。

二人はそっとその場を離れた。逃げるように勝手口に辿り着き、おきやの娘おちよに会ったのだが、

「おっかさん、今日見たことは誰にも話しちゃだめですよ。今大変なんだから、お屋敷は……」

娘のおちよの話では、お屋敷には三人の姫様がいるのだが、長女の方が薙刀の指南である浪人とわりない仲になっているらしく、大騒ぎになっているというのであった。

お民はそこで屋敷を辞したのだが、あの大騒動は今でも忘れることができないのだと、お登勢に長々と説明して大きく息をついてみせた。

「その姫様が加奈さん？」

お登勢は信じられない思いだった。

「ええ、おきやさんの娘さんが、あの時、ご長女の姫様は加奈様とおっしゃるのだと教えてくれましたから」

「まさかね……」

お登勢の呟きに、

「ええ、そうなんですが……」

お民も信じられない顔である。

三

お民はもう、じっとはしていられない心境だった。数日考えたが、斉藤家の姫君のその後について、自分なりに調べてみようと考えた。

お登勢の使いに出たついでに、水道橋近くの斉藤家に向かった。

門番に女中のおちよに会いたいと告げ、門を入ったところの腰掛けに座って待っていると、顔に覚えのある女中がやってきた。

「私と会いたいとおっしゃるのは？」

怪訝な顔でお民に問いかける。覚えがないのも無理はなかった。

もうあれから三年が経っているし、それにお民と親しく話した訳ではない。お民はおちよの母親を案内して行っただけだ。

「私、三年前にあなたのお母さんをこちらに案内してきました、橘屋のお民です」

あっ、とおちよは驚いて、

「失礼致しました。母から助けていただいたことを聞いていたのに、申し訳ありません」

おちよは、しつけの良い物腰で頭を下げる。

――お百姓の娘さんなのに……。

長い間お旗本などに奉公していると、こんなにも上品な女になるのかと感心しておちよを見たが、すぐに我に返って、

「あの時には、お父さんが病気だと聞いていましたが、その後お元気になったのでしょうね」

お民が訊くと、おちよは悲しげな顔で首を横に振って、

「駄目でした。実はあれから父の顔を見に実家に帰ってきました。奥方様からお許しが出たのです。お陰で死に目に会えました。その後もこうしてご奉公をしているのも、お優しい奥方様にご恩返しがしたいと存じまして……」

おちよは、落ち着いた口調で言った。

「そう……お気の毒に……」

お民は言った。そして思い返したように、

「実は今日こちらに伺ったのは、少し気になることがありまして……」

案じ顔でおちよを見た。

「なんでしょうか」

首を傾げたおちよを、

「ちょっと……」

お民は門番を気にして、少し離れた桜の木の下に誘った。そして、

「こんなことは伺うのも憚られることなんですが、加奈とおっしゃるお姫様は、今どうしていらっしゃいますか？」

「あなた！」

おちよは絶句した。禁句を持ち出されたように困惑している。だが、それにか

まわずお民は言った。

「私、つい最近お目にかかったのです。お名前も同じ加奈様。お顔もこちらの姫様とうり二つ。貧しい身なりだったのでまさかとは思ったのですが……」

「お民さん、どちらでご覧になったのですか」

おちよは、ついに訊いてきた。

「橋屋にいらしたのです」

「橋屋さんは旅籠だったんですよね」

「そうですが、縁切り寺の御用宿も務めています」

「縁切り……」

「いいえ、縁切りでいらしたのではございません。うちの旦那様が、旦那様といっても お侍様なんですが、御用の帰りに加奈さんが橋の上から身投げしようとしているのを見て、押しとどめてお連れしたのです」

「ああ、なんてこと。本当に加奈様なのかしら」

おちよは動揺を隠せない。

「いないのですね、このお屋敷には……」

お民は問う。

「これは誰にも内緒にして下さいね」

おちよは念を押してから、小さな声で言った。

「姫様は勘当されています」

「勘当！」

今度は、お民が驚いた。

「しっ……」

おちよは、お民に口を封じる仕草をした後、今度はおちよが門番を気にして、お民の手を引っ張るようにしてしゃがみ込み、

「実は、あのあと……」

お民がおちよの母親おきやと屋敷で騒動を見たあとのことを、かいつまんで話してくれた。

それによると、加奈姫はあの日は屋敷にとどまったものの、翌日、中間と女中を連れて下谷のお寺に出かけていったが、屋敷に帰ってきたのは中間と女中だけだったという。二人はまんまとまかれたのだ。

「薙刀と小太刀の指南を受けていた、島田という人のところに逃げたのです」

おちよはため息をついた。

「では、それ以来こちらには……」

「行き方知れずのようです」

また、おちよはため息をついた。

おちよの話では、旗本という体面もあり勘当にしたものの、奥方は娘の加奈を案じて方々手をつくして捜したようだが、見つからなかったという。

「どんなに貧乏な町人の母親だって、自分の娘が身ごもっていれば、おしめの一枚も縫ってやりたい、良い医者にも診てもらいたい、そう思うでしょう……奥方様だって気持ちは同じだと思うんです。島田という男と一緒になるのを反対したのも幸せを願うからだもの。それなのに、駆け落ちまでするなんて。奥方様は長い間臥せっておられました。お気の毒でした。近頃やっと少しは落ち着いて。だって二番目の姫様の縁談が決まってね。お婿さんを迎える訳だけど、同じお旗本の御次男、とても立派な方らしいから、斉藤家はこれで落ち着く、そうみんな考えているところ……本当なら、加奈様がお婿さんを迎えて、この斉藤家をお継ぎになる筈だったんだから……でも、どうしたらいいのかしら」

おちよも困惑している。

「もう一度、私も確かなところを見届けますから」

お民は言う。おちよも頷き、

「私もまず女中頭の方にお話ししてみます」

そう言ってため息をついてから、

「これもここだけの話だけど、お民さんも知っている用人の方、あの方は神崎十兵衛(じゅうべえ)さんておっしゃったんだけど、あの後亡くなったんですね。でも、息子さんが一人いらして、敬四郎(けいしろう)様っておっしゃるんだけど、今お父上のあとを継いで昨年から用人としてご奉公していらっしゃるのですが、その敬四郎様は加奈様にずっと昔から心を寄せていらしたらしいんです。ところがあんなことになって。叶わぬ恋とは分かっていても、あんな島田とかいう男の人と一緒になったんですもの、衝撃でいっときは心ここにあらずって感じで、お父上には叱られていたようです。しっかりご奉公しろと……。そのお父上が亡くなられて、ようやく我に返ったのか、昨年からはご家来衆を束ねて立派にお務めをなさっています。今またそんな加奈様の不幸を聞いたら、どんな思いをなさるのか……」

「そう……そんなこともあったのですか」

お民は初めて聞く話だ。

「敬四郎様などは、身分の違いも重々ご存じで、加奈様を恋しているなどという態度はおくびにも出さなかったのに、島田という人は、身分のことなんてうっちゃって、いきなり一緒になりたいなんて告白したらしいのね。深窓のお姫様だもの、加奈様は……面と向かってそんなことを言ってくる人はいなかった訳ですから、一も二もなく惹かれて心を奪われてしまったのね。お気の毒に……幸せに暮らしておられるならまだしも、自分で命を絶とうとしたなんて、殿様や奥方様がお聞きになったら卒倒しますよ」

おちよは頷き、

「一度おちよさんが、加奈様かどうか確かめてごらんになりますか?」

お民は訊いた。万が一、人違いだったら大変なことになる。

「分かりました。お休みを頂いて……で、今どちらに住んでおられるのでしょうか」

「すみません、それは私も聞いていません。聞いておきます」

二人は頷き合い、はっきり加奈だと確定するまでは、誰にも話さないようにしようと約束した。

だが、その夜、お民は加奈の住まいを訊くどころか、仲居頭のおたかに、こっぴどく叱られることになった。

「あんた一人が勝手なことをして帰ってこなかったから、そのしわ寄せは他の女中たちが負うことになったんですよ。そのこと分かっていますか」

おたかは、泊まり客の夕食の後片付けが終わったところで、お民を台所の板間に座らせて、厳しく言った。

「申し訳ございません」

お民は、手をついて頭を下げた。

「お民ちゃんも今では一人前の女中ではありませんか。だから台所を任せているのです。そのあんたの帰りが遅いので、今夜の献立からなにから、右往左往して、私も冷や汗をかきましたよ」

「……」

「ただ、ごめんなさいではすみません。事と次第によっては、辞めてもらいます」

「今後気をつけます、ですから暇を出すのだけは勘弁して下さい」

お民は、平身低頭(へいしんていとう)だ。

「じゃあ何故道草を食ったのか、その訳をおっしゃい！」

おたかは険しい目で、お民を睨んだ。

「少し気になることがあって、斉藤様という旗本のお屋敷に奉公しているおちよさんという方に会いに行ってきたんです」

「おちよさん……」

「はい、三年前にこちらにおっかさんが泊まっています。斉藤様のお屋敷に奉公している娘さんに会うために、下総の国からやってきた人ですが、その時、私がお屋敷まで案内したんです。その娘さんというのが、おちよさんで」

「おちよさんの何が気になったんですか、わざわざ会いに行くほどのことって何なの」

おたかは不審な目で訊く。

「そのお屋敷の姫様はどうなさっているのかと……」

「まったく、あんたの言うことは。どうして姫様があんたと関係あるんですか」

「だって、加奈様とおっしゃるんです、その姫様は……」

「ああ、何を言っているのか分かりゃしない」

おたかが手を振ったその時、

「お民ちゃん、今あなた、何て言いました?」

お登勢が台所に入ってきた。

「あっ、お登勢様、今日は申し訳ありませんでした」

お民は手をついて頭を下げた。

「皆さん大変だったんですからね。これからは、おたかさんに許しを頂いてからにしなさい」

「はい」

「それで、斉藤様のお屋敷に行って何か分かったのですか?」

お登勢は訊いた。

「姫様は家を出たようです。駆け落ちです。それで勘当されていると聞きました」

お登勢は、神妙な顔で頷くと、

「駆け落ちした相手の名は……」

「島田と言っていました」

「島田禎治郎……」

「名前は聞いてはいませんが、おそらく。島田という人は浪人だったそうです。

御成道(おなりみち)に剣術の道場があるようなのですが、島田はそこで剣術指南の手助けをしていたそうです。斉藤家では、その道場に姫様たちの指南を頼んだようです。女も剣術のいろはぐらいは身につけよと殿様のお達しで……それでお屋敷に出稽古にやってきたのが島田という人で、三人の姫様たちは薙刀と小太刀を習っていたようなのです。そうこうしているうちに、加奈様に島田は近づいたのだと……」

何も知らなかったおたかは驚いて言った。

「お旗本で、そんな話があるんですかね。私たちからみれば、雲の上の人たちに見えるのに……」

「お民ちゃん、確か三年前に、家を出ていこうとして大騒ぎになった加奈姫様ですが、お腹に赤ちゃんが出来たのだと、そう叫んだと言っていましたね」

「はい」

お登勢の問いに、お民は頷く。

「おかしいわね……」

お登勢は首を捻った。

「やっぱり人違いでしょうか」

お民の顔には不安が走る。

もし人違いとなれば、お民のしたことは、皆に余計な心配や迷惑を掛けただけ、引っかき回したことになるのだ。

「いえ……」

　お登勢は否定したのち言った。

「それは今のところなんとも言えませんが、先日こちらにいらした加奈さんからは、子を持つ母の顔が少しも見られなかったから……どことなく分かるのよ、子を産んだことがあるのか、母親なのか……ふとした言葉や仕草や、それは隠せないものなんです」

　お民は頷いた。ますます不安が募るが、

「私、おちよさんと約束したのです。お屋敷の姫様なのかどうか、はっきりするまでは黙っていましょうと……だから、二人で加奈様の顔を確かめにいかなくてはと言っていたんですが、私、ここにいらした加奈様がいまどこにお暮らしか存じません。それで、お登勢様に伺ってからと考えていたんですが……」

「分かりました。その先は、私が調べてみます」

　お登勢は言った。やはりお登勢も気になっていたのである。

四

翌日お登勢は、島田禎治郎と加奈が暮らしている南八丁堀一丁目の裏店に向かった。

十四郎は、離縁が叶って寺を出、藤沢の実家に帰るという女を見送りに品川まで出かけている。

また藤七は、慶光寺の寺役人近藤金五と八王子に向かった。こちらは慶光寺の万寿院代行の用向きで、一年前に寺入りした女の母親が重い病で床についているという知らせがあり、女に代わって見舞いに出向いたのだ。

いったん寺入りしたならば、離縁が成立するまで寺から出ることは許されない。それは親が死のうが同じである。

何か理由をつけて外出できるようにすれば、金五と橘屋の面々だけでは目が届かない。それに、自由を束縛されるからこその修行である。

だから、こたびのように親が病気だなどという折には、金五が女たちに代わって見舞うというのが通例だ。

そこでお登勢は、宿をおたかに任せて、南八丁堀には一人でやってきたのであった。

話に聞いていた長屋は、南八丁堀にある酒屋の裏手にあった。

長屋の木戸を入ると、お登勢は思わず空を仰いだ。路地を照らす夏の残照が、やけにまぶしいと思ったからだ。

いや、陽の光だけではない。閑散とした路地に、どこからか旺盛な油蟬の鳴き声が聞こえる。

お登勢は、長屋の中程にある井戸の辺りで立ち止まった。

島田夫婦が借りている部屋は、雪隠や井戸端から遠い一番奥の二部屋だと聞いていたから、あの辺りかと見当をつける。

だがお登勢は、ここまで来て迷った。

――いきなり訪ねて良いものか……。

そう思うのは、加奈が旗本八百石の姫様だったとしたら、目の前の住まいは、あまりにも侘しい。昔の身分を質されては加奈も辛いのではないかと思い至ったのだ。

「あら、こんにちは」

お登勢が思案しているところに、すぐ近くの戸が開いて中年の女房が盥を抱えて出てきた。

「まったく、亭主の世話も大変だよ。休みだといっては酒を食らっているんだから。もっとも、あたしが惚れて押しかけてきたんだから、文句も言えないけどね」

女房は盥を置いて、ふふふと笑って水を汲み始めたが、ふっとお登勢に、

「誰を訪ねてきたんだね」

怪訝な顔で訊く。

「ええ、実は……」

と言いかけたところに、木戸を入って足早に近づいてくる女が目に入った。加奈だった。

お登勢は咄嗟に、女房の後ろに、なにげなく身を隠した。

加奈は、女房にもお登勢にも気づかない風で家の中に入った。

「まったく、気の毒な人だよね、加奈さんは……」

女房は独りごちた。

「おかみさん、実は私、加奈さんのことが案じられて、そっと様子を見にきたん

ですが、知っていることがあれば教えていただけませんか」

お登勢は素早く、用意してきた懐紙に包んだ小粒を女房の手に握らせた。

「おやまあ！」

女は懐紙の中身を計ってにやりと笑うと、

「何が気の毒たって、ごうつく婆の姑が隣に暮らしていてさ、旦那の禎治郎さんが出かけて行くと、ああだこうだと加奈さんに文句を言ってるのさ。どこが姫なんだ、何にも躾ができてないじゃないか、なんてね」

お登勢は驚いて訊いた。

「加奈さんは姫様だったと、お姑さんは言っているんですね」

「嫌みじゃないの。でも最初のうちは、うちの禎治郎は浪人とはいえ、歴とした家から嫁がきたんだって自慢してたんだもの。確かに加奈さんにはそういうところがあるしね。よっぽどいいとこの出らしいけど、近頃では厄介者扱いなんだもの」

「そう……」

「近頃では、あの婆さん、あたしたちにも嫁の悪口平気で言うからね。いいところからもらったから、これでいい暮らしができると思っていたら、とんだお門違いだったんだって」

「酷(ひど)いことを……」

「育ちが悪いからね、あの婆さん……」

女房は皮肉っぽく笑って、

「あたしも人の育ちについてはいえない親の代からの貧乏人だけどさ、でもあの婆さんは、昔は料理屋で女郎まがいのことまでしてたって、ある人から聞いているからね。それなのに、島田だなんて、倅の禎治郎さんにはいっぱしの名字まで名乗らせてさ、どうかしてるよ。倅(せがれ)は侍の血が流れているなんて言っているけど、なんだかね……分かったもんじゃないよ」

とそこまで言って、あっと小さく声を出した。

お登勢も気づいて路地の奥を見やる。

「……」

奥の部屋の戸が開いたのだ。そして、白髪交じりの初老の女が、険しい顔で出てくると、隣室の加奈が入った長屋の戸を声を掛けずに開けた。

「始まるよ……」

女房は、小さな声で囁(ささや)く。

案の定、初老の女の声が外まではっきりと聞こえてきた。

「加奈さん、帰ってきたのなら、ただいまぐらい、おっしゃいな！」

「おいわっていうのさ、あの人……」

女房は、お登勢に告げる。

その時、中から今度は加奈の謝る小さな声が聞こえてきた。

「申し訳ございません。お許し下さいませ」

「嫌な婆さんだろ？」

また女房は言う。よほど島田の親子が嫌いなようだ。

「でも、禎治郎さんは、どこかのお大名に仕官が叶うらしいとか聞いているんですが……」

「まさか、禎治郎さんは口入屋から仕事をもらっているんだよ。どこかの商人の用心棒はやっているらしいけど、そんな仕官なんて話は聞いたことがないね」

「どこの口入屋さんに出入りしているんですか？」

「本八丁堀（ほんはっちょうぼり）二丁目の『三好屋（みよし）』だよ。ここらへんの長屋の者は皆、三好屋さんで仕事をもらっているんだから……来た」

女房は木戸の方からこちらに向かってくる番頭風の男に顎をしゃくった。

「あいつは確か『丹後屋』の番頭だよ」

「丹後屋？」

お登勢が聞き返すと、

「禎治郎さんは三好屋さんの世話で、この間まで丹後屋さんのお嬢さんの用心棒をやっていたらしいんだ。丹後屋さんの仕事はもう終わっている筈なのに、何のくどきで来るのか知らないけど、ああして熱心にやってくるんだよね」

女房は、首を引っ込めて薄笑いを浮かべ、

「それも加奈さんを訪ねて、というより、姑の方に尻尾を振っているように見えるんですよ」

女房の話をなぞるように、丹後屋の番頭は若い衆に風呂敷包みを持たせていそいそとやってくると、加奈の家の戸を叩いた。

「禎治郎様はいらっしゃいますか……丹後屋でございますが」

すると、弾んだ姑の声がしたと思ったら、すぐに戸が開いて、

「まあまあ、これは番頭さん……」

嬉しそうに姑が出てきて、声を裏返して迎え、

「せっかく来て下さったのに申し訳ございませんね。倅はただいま出かけており

まして」

「出かけていらっしゃる……」

番頭は残念そうな顔で、

「そうですか、お目にかかれなくて残念です。お帰りになられましたら、是非店の方にも顔出しして下さるようお伝え下さいまし」

慇懃（いんぎん）に伝えると、

「これは主から預かって参りましたもので」

若い衆から風呂敷の包みをとって姑のおいわに手渡した。

「まあまあ、いつもいつもすみません。では遠慮なく……」

おいわは満面に笑みを浮かべて受け取った。

風呂敷の中身は菓子なのかなんなのか、こちらから判断はつかないが、おいわの態度の変わりようには、見ているお登勢も眉を寄せた。

おいわは、ちらっと家の中に視線を流したのち、番頭を自分の部屋の前まで引っ張ると、なにやらぼそぼそと耳打ちした。

「よろしくお願い致します」

番頭は、満足した顔で頭を下げると帰っていった。

おいわはしめしめという顔で首を引っ込めて薄笑いを浮かべると、頂き物を持って自分の部屋に入っていった。

「頂き物は独り占めか……ふん」

女房は鼻で笑った。

お登勢は、加奈の住む長屋の前に歩んだ。声を掛けようとしたが、思い直して踵(きびす)を返した。

その頃、加奈の夫禎治郎は、長屋の女房が言っていた本八丁堀二丁目にある口入屋三好屋にいた。

「何かいい仕事をと言ったって、そううまい話はございませんよ、島田様」

三好屋の主伝蔵(でんぞう)は、めがねの奥から禎治郎の顔を見、にっと笑った。

「そうか、なければ仕方がない。とはいうものの、遊んでいる訳にもいかぬしな。親父、なんでもよい」

禎治郎は食い下がる。

「島田様、丹後屋さんなら何なりと受け入れて下さいますよ。あれ以来、島田様に来ていただきたいと、ご息女のお花(はな)さんが番頭さんにせっついているらしいですからね」

伝蔵は、意味ありげな笑みを見せた。

「しかしそれは……」

禎治郎は、頭を掻きながら言葉を濁す。

「今日だって、あなた様がここに見える少し前に、番頭さんがやってきたんですよ。島田様はどうしているのかと……お嬢様が会いたがっていると……それで私が、今日は長屋に居るのではありませんか、こちらには来ていませんと伝えると、では長屋の方まで行ってみますということでした」

「用もないのに顔は出せぬよ。もっとも、仕事があれば話は別だが……」

困惑する禎治郎に、

「そのような心配はいりませんよ。あれほどの大店です。伊勢屋一族ではございませんが、近年の木綿問屋仲間の一角を占めているお店です。つきあわない手はありません」

伝蔵はそう言うが、これ以上丹後屋と関わりを持てば、加奈との間も危うくなる。二の足を踏む禎治郎なのだ。

それというのも、一月前のことだ。

禎治郎は口入屋の主の伝蔵から、丹後屋の娘の用心棒の仕事をもらった。稽古に通う娘に何かあってはという親心で雇われたのだが、浪人でも確かな剣術の使える者だというのが条件だった。

伝蔵の話によれば、丹後屋の娘お花が数日前に町の若い者にからかわれたことがあったからだという。

丹後屋は老舗の木綿問屋からみれば新参者、なんとかして追い落としをと狙われている。丹後屋はそれを承知していて、娘が狙われたのもそのせいではないかと考えているようだ。

そこで娘に用心棒をと考えたのだが、娘のお花は鼻っ柱が強く、わがままな面もあり、好き嫌いも激しく、これまでに二人の用心棒を雇ったものの、半日でお払い箱になったというのだ。

だが、その話を聞いた時、禎治郎はかえってお花に興味を持った。

手当も他の仕事より格段に良い。娘のわがままぐらいでやらないという手はなかった。

それに、会ってみるとなかなかの美人である。華もあって、少しぐらいのわがままなどなんということもない。どちらかというと、禎治郎の好みの女だった。

お花の後ろをついて歩きながら、数年前加奈に出会った時のことを、ふと思い出したりもした。

――加奈も気が強く、わがままに育っていたが……。

どうも俺は、そういう女に魅力を感じてしまう。

禎治郎は、ひそかに胸の中で蠢く心に、かすかな期待と危うさを感じていた。所帯持ちの自分は、決して他の女に心を動かしたりしてはいかん。そうは思うものの男の性は理性とは別のところにある。

ただ禎治郎は、加奈を裏切っているつもりはなかった。心の中を過ぎるよこしまな思いもいっときの戯れぐらいに考えながら、これも仕事のうちだとお花の用心棒を続けていた。

ところが、用心棒を始めて十日目だった。

お花が浅草寺に行きたいと言い出して乳母とともに供をした。

禎治郎は、二人から少し離れてついていく。

お花は本堂にお参りをしたのち、境内に出ている様々な市を見て回った。欲しいものはなんでも手に入る娘だ。境内で売っているような物など欲しい筈もないのに、乳母にあれこれ命じて買わせていた。

ところが、水茶屋で一息つこうかと思っていたその時、すれ違った遊び人風の男たちに因縁をつけられたのだ。

「今、おれっちの肩に触ったろ、謝れ」

するとお花は、

「お互いさまでしょう、こんなに大勢の人の中を歩いているんですから」

負けずにやり返した。

「何だと、見れば結構なお店の娘のようだが、面白え、一緒に来てもらおうか。そのおまえの口が、生意気なことが言えないようにしてやろうじゃねえか」

卑猥な笑みを漏らしながら、いきなりならず者の一人がお花の腕を摑んだ。

「お嬢様！」

乳母は叫び、

「放して！　放しなさい！」

お花も負けてはいなかった。

だが、次の瞬間、禎治郎がならず者の手を摑んでお花から引き離し、その頰を一発殴り飛ばしていた。

「ぐうっ」

そのならず者は、吹っ飛んで尻から落ちた。

「野郎！」

もう一人のならず者が匕首を引き抜いて、禎治郎に飛びかかった。

「止せ！」

禎治郎は、ひょいとその匕首を躱すと、その腕を摑んで捩じ上げていた。

「いたたたた、放せ！」

苦しげに言ったならず者を、禎治郎はどんっと突き放した。

「おっ、覚えていやがれ！」

ならず者たちは、あっという間に消え失せたのだった。

禎治郎は厳しくお花に言った。

「あのような輩に正面からつっかかっても馬鹿をみるだけだ」

生意気なお花は、ここで何か激しい言葉を返すかと思いきや、なんとお花は、

「はい」

頰を染めて素直に頷いたのだ。

禎治郎とお花の目が、絡み合った一瞬だった。

それ以来、お花の禎治郎を見る目が変わったのだ。その目が何を意味している

のか、禎治郎には分かっていた。

まもなくのことだ。禎治郎は口入屋の伝蔵に呼ばれて店に行くと、

「島田の旦那、実は丹後屋から、あなた様を養子に迎えたいと言ってきたのでございますよ」

伝蔵は意外なことを言ったのだ。

「伝蔵、俺は所帯持ちだぞ」

禎治郎は笑ったが、

「それはあちらも承知の上です。離縁してくれるのなら、金はいくらでも出すとおっしゃっている」

「馬鹿な……」

禎治郎は笑ったが、伝蔵は本気だった。

「丹後屋さんは娘さん二人でご子息がいない。姉のお花さんに養子を迎えて店のあとを継がせたいとおっしゃっているのです。あれだけの大店です。養子に行きたいという人は後を絶たないのですが、なにしろお花さんが気に入らなくては話は進まない。そう言っていたところに島田様、あなたが現れたんです。お花さんはあなた様にぞっこん、島田様でなければ養子はもらわないと言い出したのです。

悪い話じゃございませんよ。栄耀栄華(えいようえいが)も思いのまま……」

伝蔵は、企み顔で言う。

一瞬、心が動いたことは確かだった。なにしろ日々貧乏な暮らしで、身過ぎ世過ぎに疲れている。出口も見えない。一生こんな暮らしかと思うと気が遠くなるのだ。

――いや、そんなことができる筈はないじゃないか。

禎治郎は、すぐに打ち消した。すぐに断ると同時に、丹後屋の用心棒を辞めたのだ。

ところが加奈が、禎治郎の心の揺れに気づいたようだ。女の勘は鋭い。急に用心棒を辞めて、家で悶々(もんもん)としている禎治郎を見て、何か感じたようだ。

加奈に根掘り葉掘り訊かれた禎治郎は、

「実はさるお大名の家来の話がきているのだ。それでいろいろと考えている」

などと仕官ばなしに仕立てて嘘をつき、今日までやり過ごしてきたのである。

ようやく近頃おさまった話だったが、丹後屋はまだあきらめていなかったようだ。

禎治郎は、丹後屋には触れずに、

「どぶ掃除でも普請の人足でもいい、日当の良い話が来たら連絡してくれぬか、頼む」

そう言い置いて外に出た。

ぶらりぶらりと禎治郎は帰っていく。その背は、何か思案しているように見えた。

「……」

品川に女を見送って帰る途中の十四郎が、その姿を見ていた。

五

「あら、禎治郎さんを見かけたって、どちらで？」

お登勢は、橘屋の居間で金五と膳を並べて食事を摂っている十四郎に訊いた。

「口入屋だ、本八丁堀にある三好屋だ」

十四郎は箸を止めて言った。

「おかしいですね、確か仕官の話があるとか言っていたのに、口入屋ですか」

お登勢が首を傾げる。

「ふむ、どうもあの男は、摑みどころがない。それがなんなのか考えているのだが……それにあの加奈という妻女も謎めいている」

十四郎の言葉に、

「おいおい、お二人さん、またつまらぬことに首を突っ込んでいるのではあるまいな。よしてくれよ、駆け込みで手一杯なんだからな」

金五が釘を刺す。

だがお登勢は、金五の忠告も聞き流し、

「実は私も、加奈さんの暮らす長屋に行ってきたんですが……」

案じ顔で長屋での一部始終を話した。

「ふん」

金五は、じろりと見て、

「俺にも分かるように話してくれ」

むくれてお登勢に言った。

十四郎とお登勢は、加奈を助けて橘屋に連れてきた時のことから、順を追って話した。

「すると何か……加奈という女房は、旗本八百石の斉藤家の姫だというのか

「……」

金五は驚く。

「ええ。だから私も加奈さんのことが気になって長屋を訪ねてみたんですが、やっぱり直接尋ねることはできませんでした。ただ、長屋の人の話を聞いても、加奈さんが身分ある人のお嬢様だったことは頷けます。でも、あの長屋での暮しぶりを聞けば聞くほど、本人に斉藤家の姫様だったのかどうか質すのは憚られて……結局、顔も見ないで帰ってきたのです。大いに気にはなりますが、近藤様のおっしゃる通り、これは駆け込みではございません。いらぬお節介になってもと思いまして。あのような暮らしの加奈さんにしてみれば、昔のことなど触れられたくないでしょうし……」

お登勢の脳裏には、そうはいうものの、今この時も、あの姑にねちねち言われている加奈の姿が目に浮かぶ。

「お登勢の言う通りだ。駆け込み人ではないのだ。余計なことに手を出すと、痛い目に遭うぞ」

金五は尚も釘をさす。

「しかし……」

十四郎が金五の言葉を遮った。

「島田という男、妻への思いやりがあるのかどうか……あれば万引きの疑いをかけられたぐらいで川に身を投げようとはするまい」

「駆け落ちしたんだろう。旗本の娘に、そのような行動を起こさせたのだ。愛情が深くなくてはなる話ではない」

金五が言う。

「いや」

十四郎は否定した。

「俺が思うに、島田は最初から意識して加奈様に近づいたのかもしれぬな。考えてみろ、普通の男はまず身分を考えるから、気持ちを伝えたくても行動に移すことはまずない。歴とした武家であっても身分の高低は、けっして超えることのできぬ壁だ。超えてはいけないのだ。それでこの武家の世の秩序が保たれているのだ。死ぬほど愛しいと思っていても、超えてはならぬ壁だ。ところがどうだ、島田は浪人の身分だ。どこかの道場の手伝いをしていたらしいが、浪人にかわりはない。そんな島田が、深窓の姫に甘い言葉を語りかけて落とすなど、赤子の手を捻るも同じ。そんな大それたことができる島田は、よほど神経が太いのか、おかしくなってしまっているのか、どちらかだな」

「何度も言うが、話を聞けば聞くほど、そんな男には関わらない方がいいんだ。もう止めておけ」

金五はそう言うと、帰っていった。

その金五を玄関に送っていったお民が、引き返してきて、

「お話があります」

敷居際に座ると、神妙な顔で言った。

「急ぎの用?」

お登勢は、振り返って訊いた。

「斉藤家で女中をしているおちよさんから、今日文(ふみ)が来たのです」

「なんと言ってきたんだ?」

十四郎が訊く。

「あの加奈様のお顔を確かめたい。近いうちにそちらの宿をお訪ねしますから、その時には、住まいに案内してほしいと……」

お民は膝を進めて、十四郎に手紙を手渡した。

十四郎は受け取って文字を追った。読み終わるとお登勢に渡した。

お登勢も読み終わると、お民に尋ねた。

「この文には、おちよさんは他の人には相談できなかった、お顔を敬四郎様とともに確かめた上で奥方様にご報告しようと考えていると書いてありますね」

「はい。前にお話ししたかどうか、敬四郎様という方は斉藤家の用人です。もっとも、私が三年前に会った用人の方は、お父上の方でした。お父上が亡くなってあとを継いでいるのが敬四郎様という方のようです。おちよさんの話では、敬四郎様は、姫様をずっとお慕いしていたらしく、お幸せを祈ってきた方だと聞いています」

お民の顔は、どうしたものかと問いかけている。すると、十四郎が言った。

「案内できぬとは言えぬだろう。斉藤家では娘が行き方知れずになっているのだ。表向きは勘当したと言っても、これまで血眼になって捜してきたに違いないのだ。旗本であろうと町人であろうと、我が子を思う気持ちは同じだからな」

お登勢も頷いた。

「では、承諾の返事を書いてもよろしいのですね」

ほっとした顔で、お民が言う。

「その折には、私が旦那様と一緒に参りましょう」

お登勢は言った。

ところが、手紙の返事を出すまでもなく、翌日、加奈がやってきた。

加奈はお登勢の部屋に通されると、十四郎とお登勢に手をついて言った。

「私をお寺に入れて下さい。お願いします」

決意の顔だった。

「どうしたのだ。万引きの一件が原因なのか」

十四郎が訊く。

「それもあります。でも、いろいろなことが重なって、もうあの長屋で暮らすことはできないと思い定めました」

「詳しく話してもらえるかな、そのいろいろとやらを……」

「詳しく、ですか……」

加奈は一瞬躊躇した。

「加奈さん、ここではすべて洗いざらいお話しいただかなければなりません。お上の息のかかった御用宿です。お話しできないようなことでは、調べようも詮議のしようもございません。そうなると、私どももお引き受けできないのです」

お登勢は、駆け込み寺に入るためには、念入りに双方の言い分を聞き、その中身を調べ、その上で寺に入れるかどうかを決めるのだと告げた。

「……」

加奈はしばらく考えていた。だが、

「分かりました。お話し致します。今更恥だのなんだのと言える身分ではございませんもの」

覚悟した顔を向けると、

「十四郎様、昨日あの小間物の錦屋さんが長屋にやって参りまして、夫に話したのです。私が万引きをしたのだと……」

「どうしてばれたのだ。住まいは知らぬ筈だ」

十四郎は小首を傾げた。

「分かりません。私はお義母様に叱られました。あなたの不祥事で禎治郎の仕官が台なしになるのだと……あなたはこの島田の家には何の役にも立たない嫁だと、期待外れだったと……」

加奈は、歯を食いしばっている。

「なんて酷い言葉を……」

「仕方がありません。私には帰る場所がないのですから」

加奈は俯く。噂に聞いている加奈姫のわがままな性格とは思えぬ態度だ。

だがお登勢は、思い切ってそれを口にした。

「そうでしょうか。加奈さん、加奈さんは旗本斉藤家のご息女ではないのですか」

加奈はぎょっとした目を上げて息をのむ。

「そうなのでしょう……薙刀の師であった島田さんと駆け落ちした、加奈姫様」

「どうしてそれを……」

「三年前にこの宿の者が、斉藤家に奉公するおちよさんという方を訪ねていった時に、奥方様とご用人の方に引き留められていた姫様を覚えていたんです。それで先日あなた様が、こちらにいらした時に気づいて、私どもも心配になって少し調べさせていただきました」

「………」

加奈は、茫然とお登勢を見た。衝撃が大きくて、次の言葉が見つからないようだった。

加奈は何度か苦しげに息を吐いたが、やがて決心したように言った。

「愚かしく恥ずかしい……おっしゃる通り、私は斉藤家の娘でした。でも今や勘当の身、斉藤家とは何の関わりもございません」

「本当に関わりないと考えておられるのですか」

お登勢は尋ねる。

「ご両親様はきっと今も、この一時も、あなたのことを案じておられるのではないでしょうか」

「……」

「あなたがお屋敷を出られたことで、長い間奥方様は臥せっておいでだったとか……勘当したとはいえ、親の子を思う気持ちに変わりはございません。私はそのように思います」

加奈は俯いた。哀しみに揺れる心が垣間見える。

「加奈様、ここに駆け込むよりもお屋敷にお帰りになられた方がよいのではございませんか」

お登勢は加奈の表情を窺った。

だが加奈は、屋敷に帰るとは言わなかった。首を小さく左右に振ると、

「いまさら帰るなどと、斉藤家の恥でございます。私は、それだけのことをしたのです。自分がしっかりしていれば、このようなことにはならなかったと存じます」

加奈は、これまでの一部始終を話した。

それによると、斉藤家に出稽古に島田がやってきたのは四年前のことだった。

加奈の父斉藤兵庫と妻八江（やえ）の間には、加奈と妹が二人、姫ばかりが三人生まれた。

斉藤家を継ぐ男子が一人も生まれなかったことで、兵庫は娘に家を継がせると決心したものの、やはり男の子と同じように剣術もひととおり身につけてほしいと考えたのだ。

だが、あまり剣術に興味のない妹二人に比べて、加奈は剣を持った時の神経が、次第に研ぎ澄まされていくのが好きだった。おのずと稽古に熱心になる。

そんなある日、剣の握り方を指導してくれていた島田の手が、加奈の手を握った。ねっとりとした感触だった。

はっとして体を硬くした加奈に、島田はささやくように言った。

「姫が愛しい……」

「……」

加奈が激しく動揺したのはいうまでもない。

――稽古を続けてよいものかどうか……。

悩む加奈にお構いなく、島田は次の稽古の時には、首筋に島田の息がかかるのが分かるように背後から加奈に近づいて、

「そうそう、ここは力を抜いて」

などと手とり足とり指導するのだ。加奈はこの時、初めて男の熱い血の滾りを肌身に感じた。

やがて加奈は、付き従っている女中たちの目を盗んで島田と抱擁をするようになり、一年を過ぎる頃には船の中で……。

加奈はここまで話して言葉を躊躇った。

口に出さなくても、お登勢にも十四郎にも分かる話だ。

「では、お腹に赤ちゃんが出来たというのは……」

お登勢の問いかけに、

「嘘をつきました。どのようなことをしても、島田の妻になりたかったのです」

身も縮むほどの思いの加奈である。

「そうでしたか。私は、お腹の赤ちゃんは、その後どうなったのか案じていたんです」

お登勢の案じ顔に、加奈は、

「ただただ馬鹿としか言いようがございません。一緒になってしまえば、あとは何事も解決する、日々の暮らしのお金も出してくれる。それが親だと島田にそう教えてもらったのですが、私は勘当されてしまったのです」

お登勢は頷いて、十四郎と顔を見合わせた。

あの長屋で、事もあろうに旗本から来た嫁を邪険に扱う姑を、お登勢は目の当たりにしている。

すると、十四郎が言った。

「厳しいことを言うようだが、亭主の禎治郎は、加奈殿の後ろにあった旗本八百石に執着していたのかもしれぬな。それが切れてしまったことで、もくろみが崩れた訳だ」

加奈は、寂しそうに笑った。

「仔細分かった。寺入りの件、引き受けよう」

十四郎は、きっぱりと告げた。

六

母親のおいわは、上がり框に腰を据えると、部屋の中で酒徳利を無造作に摑み、茶碗に注いでいる禎治郎に言った。

「禎治郎、もう諦めな」

禎治郎は返事もせずに酒を飲み続ける。

「屋敷に帰ったんだよ、あの人は……もうここには帰ってきやしないよ」

おいわは言う。

「おっかさん」

禎治郎は飲み干した茶碗を下に置くと、

「おっかさんが追い出したんじゃないのか……」

恨みの目で母を睨んだ。

「馬鹿言ってんじゃないよ。あたしはね、あの人が万引きをしたって聞いたから、禎治郎の出世の邪魔になるって叱っただけだよ。それのどこがいけないんだ」

「加奈は、万引きなんぞしていない。あの店がでっちあげた話だ」

禎治郎は酔った目で叫ぶ。

「馬鹿な子だよ。おまえは加奈さんにまるめこまれたんだよ。それを信じるなんて情けない。もっとしゃきっとしてもらわないと」

おいわは叱る。

禎治郎は、徳利を右手に、茶碗を左手に持って立ち上がり、おいわが座る上がり框まで出てくると、そこにどしんと座って酒を注ぎ、ぐいと飲み干した後言った。

「おっかさん、俺は知っていたんだ。おっかさんは加奈が気に入らなくて、何かと口やかましく言っていたのを……加奈は旗本の姫だったんだ。台所のことにしたって何にしたって、女中たちがみんなやってくれてたんだ。加奈が町の女のように台所仕事や掃除などできる筈がないじゃないか」

「ふん。それならそれで、勘当なんかにならなきゃいいじゃないか。勘当になってしまったから、お屋敷からも一文の援助もない」

おいわは腹立たしげに言う。

「何言っているんだ。おっかさんが勧めたんじゃないか、お屋敷の姫様と親しくなって婿養子にでも入ることができたらいいねと……」

「言ったよ。だけどあたしは、婿養子の話はしたけど、家出をして勘当される道筋を選べなんて言ったことはないよ」

「おっかさん……」

　禎治郎は母の応えに愕然としている。

「なんだよ、その目は！」

　おいわは睨み返した。倅に負けるものかという気合いで言い聞かす。

「いいかい。おっかさんはね、おまえを産んだその時から、この子が幸せになるのなら、なんでもやってやろうと思っていたんだ。なんでもだよ、盗人だって、おっかさんはおまえのためならやれるんだ」

「止めてくれよ、そんな話は……」

「止めないよ！」

　おいわは一喝すると、

「あたしはね、あんたの父親に捨てられたんだ。島田久三、江戸に参勤交代でやってきた武士だったんだ。それが、国に帰ると言ってあたしを石ころのように捨てやがったんだ……腹におまえがいるのにさ」

　おいわは悔しそうに言う。

「いいよ、その話は。もう聞き飽きたよ」

禎治郎は耳をふさぎたい思いだ。なにしろ今日初めて聞く話ではない。ことあるごとに、おいわは禎治郎に言ってきたのだ。

それは、禎治郎が勉学を嫌がった時、はたまた道場に行くのを嫌がった時、さまざまな時に自分の意を通すために、おいわは言ってきた。

「このところ言ったことはないよ、加奈さんがいたからね。私の素性なんて言えないからさ」

「言わなくていいんだって……」

怒りたいのを通り越して、うんざり顔の禎治郎だ。

「言わなきゃ分からないんだよ。あたしがどれほどおまえの幸せを願っているか」

「ったく……俺のことより自分の恨みじゃないのか」

禎治郎は耳をふさぐようにして、元の場所に戻っていく。

「そうだよ、あたしは誓ったんだ。ちくしょう、負けてなるものか。水茶屋の女だって、男に頼らなくても幸せを摑んでみせると……」

「……」

「おっかさんが、どれほどの辛い思いをしながら、おまえを育ててきたか分かっているだろ」

ついにおいわは、涙を拭う。

「おっかさん……」

禎治郎は母の涙が一番苦手だ。それは母がどれほどの苦労を重ねてきたのか身をもって知っているからだ。

母のおいわは、昼も夜もなく働いてきた。母が夜更けまでに床に入ったのを見たことがない。深夜まで仕立物をしていたことも忘れはしない。

そして、そうして作った金で禎治郎を手習い塾にやり、道場にやり、食事の時だって自分は漬け物をかじっていても、禎治郎には魚を出してくれたのだ。

長じるにつれて、そのような母の態度は重荷になったが、もはや禎治郎は母の意思をはねのけることはできなくなっていたのだ。

——母の望みを叶えることが、自分の望みでもある。

母子の思いも希望も、もはや一体化しているといってもいい。

禎治郎が黙ったのを見てから、おいわは優しい声で言う。

「加奈さんに嫌われても、おまえを好いてくれている人はいるんだ。おまえも口入屋の伝蔵さんから聞いているだろ。丹後屋さんの話……婿になってくれという話さね」

「……」

禎治郎は、黙って酒を飲み続ける。

「丹後屋さんはね、お内儀を離縁してくれるのなら、金はいくらでも出すって言ってくれているんだよ。おまえを婿にしたいって……あたしにも仕舞屋を一軒くれるっていうんだよ。その話を聞いてね、ああ、やっとあたしにも幸せがやってきたんだと思ったんだよ。これまではあたしも侍の妻だったふりして、言葉遣いも無理してさ、加奈さんにいいとこみせようとしてたんだけど。同じ町人の家なら見栄を張ることもないしさ、こっちも気が楽さね」

おいわは、黙って聞いている倅に満足したのか立ち上がり、

「まっ、今すぐでなくてもいいんだから、考えておくんだね。いいね」

一方的に言い置いて、部屋を出ていった。

「……」

禎治郎はきっと母親が去った土間を睨んだが、それも一瞬のこと。茶碗の酒を見詰めていたが、一気に飲み干した。

翌日、禎治郎は口入屋の伝蔵に会い、丹後屋の仕事があれば世話を頼むと申し入れた。

「仕事だなんて、まだそんなまどろっこしいことを……それより早く身辺の整理をしていただかないと」

伝蔵は苦笑したが、

「ま、いいでしょう。島田様が側にいてくれるだけで嬉しいってお嬢さんは言っているんですから、今日にも丹後屋さんには私から話を通しておきます。明日からは直接お店の方にいらして下さいませ」

伝蔵は手をこするようにして言う。

「分かった」

禎治郎は伝蔵に送られて店を出た。

「まったく世話の焼ける」

やれやれと伝蔵は帳面を開いた。禎治郎を説得すれば、伝蔵もなにがしかの礼金はもらえる。相手が大店だけに期待も大きいのだが、ちょっぴり罪悪感がないと言ったら嘘になる。

なにしろ所帯を持っている男に、今の女房と別れて別の女と一緒になれと勧めているようなもの、伝蔵にも良心はある。

それでも頼まれれば断りきれない。この先の商いに関わるからだ。

「どっちに転んでも……」

伝蔵は、独りごちてそろばんを取り上げたが、

「ごめん」

お客が入ってきて顔を上げた。

入ってきたのは、橘屋の番頭藤七だった。

「今のご浪人は島田禎治郎という人ですな。あの人について、少し聞きたいことがあるんですが」

初めて見る顔に、伝蔵は怪訝な目を向け、

「どちら様で……」

「深川の御用宿、橘屋の番頭でございます」

「御用宿！」

伝蔵は驚いて、目を見開いた。

「はい、お上の息のかかった宿でございます。慶光寺という寺の前にございまし

て」

藤七は、御用宿というのを強調した。こういった商いをしている店が公にできない闇の取引をしていることは、この店に限ったことではない。

お上の息のかかった御用宿と聞けば、内心穏やかではいられない筈だ。

案の定伝蔵は、帳場の座を立ち、へらへら笑って藤七の近くまで進み出てきて、

「御用宿が島田様の何を聞きたいとおっしゃるので……」

神妙な顔で言った。

「そうです。本当のところを話していただかなくてはなりません。万が一、嘘っぱちの話など並べたとなれば、私どもも庇いようもありませんから、そのつもりで」

藤七は、険しい目で伝蔵を見た。

「私が知っていることなら、本当のことをお話ししますよ。なんなりと……」

伝蔵はへつらいの目で言った。藤七は頷くと、

「あの人に仕官の口があったと聞いているのですが、いったいどちらのお大名なんですか」

藤七は、上がり框に腰を据える。

「仕官……」

　伝蔵はきょとんとした顔をしたのち、くすりと笑って、

「それは何かの間違いですよ。仕官など聞いたことがございません。もっとも、婿養子にという話はございますが」

「ほう、婿養子ですか。すると聞き違いだったのかな」

　藤七は、大げさに首を傾げた。

「きっとそうです」

　伝蔵は、はっはっと笑った。

「で、その婿養子というのは？　念のために教えてくれませんか」

　藤七も笑みを見せて言う。

「丹後屋さんです」

「丹後屋……」

「はい、木綿問屋の丹後屋さんです。あちらの跡取り娘のお花さんに惚れられまして、やいのやいのと私にまで言ってくる始末……」

「ちょっと待って……島田禎治郎様にはお内儀がいるではありませんか」

　藤七は言った。

「それがですね、むこうはお内儀がいようがどうしようが関係ないっていう娘さんで、島田様にぞっこんなんです」

伝蔵は、丹後屋と島田禎治郎のこれまでの関わりを藤七に話した。

藤七は聞き終わると、

「すると、母親の方が、本人より乗り気だということか」

思案の顔を作ってみせると、

「はい、そういうことです。島田様の母親は、昔は水茶屋の女だったんです」

「水茶屋？……侍の妻女ではないのですか」

藤七は問う。

「違います」

伝蔵は、きっぱりと否定し、

「島田なんて名字を名乗っていますが、本当は名乗れる身分なのかどうかも疑わしい……」

「すると、禎治郎という人の父親は？」

藤七も前代未聞の話に驚いて重ねて尋ねる。

「禎治郎さんの母親はおいわさんというんですが、そのおいわさんの話では、参勤で江戸にやってきたお侍と昵懇になり腹に子が出来た時、その侍は国に帰ってしまったというんです。だから、人一倍恨みつらみをもって生きてきた人ですね。なんとしてでも息子には良いところの婿になってほしいと考えているし、自身も今の貧しい暮らしから抜け出したいと念じている人ですからね」

伝蔵は洗いざらい告げて藤七の顔を窺った。

この頃十四郎は、北紺屋町の小間物商錦屋にいた。

十四郎の相手をしているのは、痘痕面の男である。加奈が万引きしたとして追っかけてきたあの人物だが、どうやらこの店の番頭のようだ。

「あの時にお内儀の応対をした者を出せっておっしゃっても、みんな出払っているんですから」

痘痕面の番頭は、迷惑顔で言った。

「言っておくが、俺が今日ここに来たのは、御用宿の者としてやってきたのだ」

「御用宿……深川の縁切り寺慶光寺のことでしょうか」

「そうだ、そなたたちがあのお内儀を追い詰めたのだ。お内儀は姑に責められていたたまれなくなって、御用宿に駆け込んできたのだ」

「さようでございましたか。すると、離縁ということになるのでしょうか」

　痘痕面は言った。その顔にはかすかな期待がにじみ出ている。

「それはこれからのことだ。大事なことは、本当に万引きがあったのかどうかだ。お内儀から聞いた話では、万引きなどやっていない。なぜ巾着に入っていたのか不思議だと言うのだが……」

　十四郎は、番頭の顔をじっと見た。

「そりゃあそうでしょう。誰でも万引きをしたなんてことは否定したいでしょうが、巾着に入っていたことは事実ですからね」

「ふむ……」

　十四郎は、わざと一拍間を置いてから、やんわりと言った。

「しかし、こういうことは考えられないか……今度の一件をよくよく考えてみると、お内儀は姑に言われてこの店にやってきたのだ。その姑からおまえたちは事前に頼まれていた。つまり嫁が店に行ったなら、万引きをしたように仕立ててほしいと……」

「ご冗談を」

　番頭は、へらへらと笑った。

「そうかな。この店は顧客の接待に、日本橋の料理屋『清井』を使っているな」

十四郎の問いただしに、それが何か……というような顔を番頭はした。

「ふむ、清井には島田のおっかさんが仲居として働いている」

「!」

番頭はぎょっとした顔をした。

「清井の若い衆に聞いたんだが、あの万引き事件の起きる前日に、こちらの錦屋は越前(えちぜん)からやってきた商人を清井で招待している。接待役は番頭のおまえさんだった。宴の途中でおまえさんは雪隠に行った。その時に島田のおっかさんにつかまってなにやら内緒話をしたらしいが、その時に島田のおっかさんから頼まれごとをしたのだろう」

「な、何をおっしゃいます」

青くなった番頭に、

「島田のおっかさんは、まずおまえさんにこう言ったのだ。清井の仲居でおいせという美人と一席持つようにしてやろうかと……」

じっと番頭の痘痕を見る。その痘痕が凍り付いたようになったのを見て、

「おまえさんは以前から、おいせという女にぞっこんだったらしいが、おいせと

いう女はおまえさんのことなど歯牙にも掛けなかった。それを知っていて、島田のおっかさんはおまえさんに言ったのだろう。おまえさんは小躍りした。するとすぐに島田のおっかさんは、こう話を続けたんだ。それには条件がある、こっちの頼みも聞いてもらいたいとね。ご丁寧に島田のおっかさんは、おまえに一両小判を渡している」

「そんな、根も葉もない」

言いかけた番頭の言葉を、十四郎は一喝した。

「黙りなさい。先に言った筈だ。この話は清井の若い衆が、その耳で聞き、その目で見ていたことなのだ。おまえたち二人は密談に夢中で気づかなかったんだろうが、壁に耳あり障子に目ありだ」

「……」

番頭の目が狼狽え始める。

「おまえさんは島田のおっかさんから、嫁を店にやるから、その時には万引きの罪を着せてくれ、そう言われたんだ。その言葉を若い衆は聞いている。けちなおいわさんが、おまえに一両も渡したと驚いていた。納得いかなければ、その若い衆と公の場で対面してもらってもいいが、まっ、そこまでしらを切ると、おまえさんもただでは済むまい。なにしろ一両という金ももらっている。一両といえば、長屋暮らしの一家四人が、父親の晩酌付きで一月暮らせる金だ。金をもらって悪事に手を染めたとなったら、まっ、小伝馬町(こでんまちょう)行きだろうな」

「お待ち下さいませ」

番頭は慌てて十四郎の話を制した。

「おそれいりました」

番頭は十四郎の体にすり寄るように近づいて、

「おっしゃる通りです。浅はかでした。私もあの時は断れなくなって……」

「お内儀の万引きはなかったんだな」

厳しく十四郎は念を押す。

「はい。私が手代に言いつけて、お内儀が紅を見ている間に、そっと入れさせたのでございます」

「その手代の名は？」

「はい、佐七(さしち)といいます」

「ここに呼んでくれ」

「それが今、外に出ておりまして……」

「よし。ならば外から帰ってきたら、伝えてくれ。一度橋屋に出向くようにと」

「承知致しました」

ついに番頭は十四郎に手をついた。

七

佐七という手代が橋屋にやってきたのは、その日の夕刻だった。ちょうど金五が来ていて、十四郎と藤七、そしてお登勢もそろって顔を寄せ合い、加奈の駆け込みについて今後の方針を決めようとしていたところだった。

仲居頭のおたかに案内されて、四人が談合している部屋にやってくると、

「佐七と申します。番頭さんから話は聞きました。私が番頭さんに頼まれて、島田様のお内儀の巾着に紅を入れました」

申し訳なかったと佐七は手をついて言った。

「人を嵌(は)めるなどということは罪だぞ。加奈殿は、それで死のうとしていたんだ。あの時、ここにいる十四郎が助けなかったら、おそらく死んでいただろう。そうなれば、おまえも番頭も、人殺しだ。分かっているのか」

金五が厳しい顔で睨んだ。

「後悔しています」

佐七は神妙な顔で言う。

「いくら店の上役が言いつけたとはいえ、お前は、考えもなしに引き受けるのか。人殺しだったらどうするのだ」

金五は声を荒らげた。

「馬鹿でした。郷里のおとっつぁんが病に倒れたと人づてに聞きまして、薬代も大変じゃないかと思いましたが、私には送ってやるお金もない。そんな時に番頭さんから、一分やるからひとつ頼まれてほしいと……そういうことでございました」

佐七は神妙に告白した。

しかも佐七が続いて告白した話では、万引きの罪を負わせるのが失敗に終わった後、島田の母親が店にやってきて番頭に文句を言ったというのである。

手ぬるい、しっかりやってくれと。それで番頭と佐七は、しぶしぶ島田の長屋を訪ね――内儀は万引きをした――などと近所に聞こえるように声を張り上げてきたというのであった。

「お内儀には謝りたい」

真剣に佐七は言い、お登勢は小部屋で加奈に対面させて謝らせた。

「もういいのです。終わったことです。でも正直に話して下さいまして、私も胸のつかえがとれました」

加奈はそう言って佐七を帰した。

もう加奈の中では、万引き事件のことは過去の話で、離縁を決断する理由のひとつでしかない。

「離縁はずっと考えていたことです。でも、両親に迷惑をかけないようにするにはどうすればよいのか、それを考えると決心がつきませんでした。こうしてこちらにお世話になるようになって、つくづくと私は自身の浅はかだったことを悔いているのです。誰を責めるというより、やはり一番は自身がおろかだったと……」

加奈はそうお登勢に告げると、

「お登勢さん、お願いがございます」

手をついた。

「お願いは二つございます。ひとつは、私は手持ちのお金がございません。こちらの宿泊代ぐらいは持参しておりますが、おたかさんからお聞きしましたところ、寺入りと決まった時には、それ相応の金子がいるのだと伺いました。そのお金が……」

加奈の顔には戸惑いがみえる。数年前までは自分でお金を払ったことなどない筈の人である。その人が、行き先での金の工面に苦慮している。

「ええ」

お登勢は頷くと、寺に入る時には扶持金が必要で、その高で入った際の格付けがあるのだと説明した。

『上臈格』は三十両を納めた者で、お長屋（部屋）には湯殿や厠までついている。鼻紙の枚数、行灯の油、墨や紙の類まで他の格の者より優遇される。日々禅の修行に勤めなければならない。

次の『御茶の間格』は金十五両を納めた者で、こちらも一人一部屋だが、湯殿や厠は同じ御茶の間格たちと共同で使用となっている。また、禅の修行の他にも庭の掃き掃除や軽い労働も課せられる。

そして一番格下の『御半下格』は三両を納めただけで入れるが、皆相部屋となり、湯殿も厠も共同。禅の修行の他に、掃除や洗濯、台所仕事など、寺内の日常の雑用すべてが課せられる。

「加奈様、駆け込みを受け入れてくれる慶光寺は、先の御老中首座、松平定信様の意を受けて運営されています。それはご存じでしたか」

お登勢の問いかけに、加奈は頷いた。それを見て、お登勢は続ける。

「ご住職様は万寿院様とおっしゃいます。先の将軍様のご側室だった方です。鎌倉の東慶寺と違って、こちらはお上から頂いている石高だけでは、多くの女たちを受け入れることができません。そこで考えられたのが、実家が裕福な方には、それ相応のお金を負担していただこうと……それもこれも、貧しい人も含め、多くの女子を救いたい、その一心なのです」

加奈は頷いた。そして、

「私は、先にも申しました通りお金が……三ツ屋で働けるとも伺っておりますが」

「その件ですが」

お登勢は加奈の言葉を遮った。

「なんとか良い手立てがないものか、私も考えますので……寺入りの扶持金については今少し考えましょう」

「……」

不安な顔の加奈に、お登勢は、

「案ずることはありません」

きっぱり告げ、もうひとつの願いとは何かと問うた。

「はい。ずっと先になるでしょうが、尼となって万寿院様にお仕えしたく存じます」

加奈は決意の顔で言った。

加奈は庭に出た。

橘屋にやってきてから、毎朝朝食を済ませると庭に出る。

庭にはごん太がいるからだ。まだ病み上がりで寝ていることが多いのだが、加奈が頭を撫でてやると喜んでくれるのだった。

万吉とも仲良くなって、まるで弟と過ごしているような気分になる。加奈にとって癒やされるひとときだった。

今日も万吉はごん太に餌を遣りながら、その様子をじっと見詰めるのだ。

そっと近づいた加奈は、万吉の横に腰を落とすと、

「良かったわね、元気になって」

優しくごん太を見詰める。

「加奈様、加奈様がいらしてから、ごん太はとても元気になったんだよ」

万吉は、餌を遣りながら加奈に言った。

「私も昔、犬を飼っていたことがあるのです」

加奈は言う。

「ほんとですか。犬種は何……柴犬ですか」

「ええ、そうよ」

「名前は？」

「さくら」

「雌（めす）だったんだね」

万吉は、にこにこして言う。

「そう……私が生まれた時からずっと一緒だったんですよ。十八歳まで生きて亡くなってしまったけど、だからごん太ちゃんを見ていると、さくらを思い出して……」

加奈は涙ぐむ。

万吉ももらい泣きする。

「大丈夫よ、ごん太ちゃんはきっと良くなるから。ごめんなさい、泣かせてしまって……」

「ううん、いいんだ。加奈様、このごん太はね、旅芸人が飼っていたんだ。みんなの前で芸をしてお金をもらって暮らしていたんだよ。それをおいらが飼うことになったのは、おいらは親なし子の捨て子だったから、ごん太を見た時、なんだか血を分けた兄弟のような気がして、放っておけなかったんだ。だからお登勢様にお願いして飼うことになったんだ。だっておいらはお登勢様に拾われて、ここでこうして幸せに暮らしているだろ……ごん太にも幸せになってほしかったんだ」

「万吉ちゃん……」

加奈はまた涙ぐむ。

「加奈様、加奈様が寺入りしたら、おいら、寺にごん太を連れて行く。約束する。だから加奈様、幸せになって下さいね」

背が伸びたとはいえ、まだ無垢な部分が残っている万吉の言葉は、加奈の心を打った。

その時だった。お民が走ってきて言った。

「加奈様、お客様です。お登勢様の部屋までいらして下さい」

「だれかしら……」

一抹の不安を抱いてお登勢の部屋に向かった加奈は、

「加奈でございます」

部屋に入って一瞬言葉を失った。

「加奈様……」

加奈の前に手をついたのは、女中のおちよと、用人の神崎敬四郎だったからだ。

二人を迎えて話していたのは、十四郎とお登勢だった。

加奈は思わず引き返そうと背を向けた。自分の恥部を屋敷の奉公人にまでさらけ出さなければならないのかと、いたたまれなかったのだ。

だが、

「加奈様、逃げないで！」

お登勢の厳しい声が飛んできた。

加奈は、ゆっくりと振り返った。お登勢に抵抗はできない。

「どうぞお座り下さい」

お登勢の声を受けて加奈は座った。

「お久しゅうございます。お元気なお姿を拝見して、これほど嬉しいことはございません」

敬四郎の声は震えている。

「加奈殿、二人はこちらに加奈殿がおられるとはつゆ知らず、今日これから禎治郎殿の住む長屋に向かうため、お民に案内してほしくて参られたのだ。そしたらこちらで暮らしていると知り、ほっとして、せめて顔を見てから屋敷に帰りたいと申されてな……」

十四郎が、二人が橘屋にやってきた事情を説明すると、

「姫様……」

今度はおちよが手をついて言った。

「きっとお屋敷に帰れるように、敬四郎様と尽力するつもりでおります。どうか心やすくして、もう少しお待ち下さいませ」

だが加奈は、硬い表情のまま言った。

「無用です」

その言葉の音色は、誰からの好意も拒む、はじき飛ばすような声だった。

十四郎とお登勢は、顔を見合わせ、おちよと敬四郎は呆然とした顔をした。

皆一瞬言葉を失って沈黙したが、その沈黙を破ったのも加奈だった。

「気持ちはありがたいのですが、私は斉藤家から勘当されています。斉藤家の姫でもなんでもありません。今はしがない浪人の妻……」

敬四郎の眉が、ぴくりと動いた。十四郎は、それを見過ごすことはなかった。

加奈は言葉を続けた。

「しかも離縁を望んで駆け込みを致しました。浪人と駆け落ちして屋敷を出ただけでも斉藤家の恥なのに、いままた離縁をしたいなどと寺に駆け込む。どれをとっても斉藤家の娘とはいえぬ行状。これ以上、父上と母上の顔に泥をぬるようなことはできません。今更屋敷に帰りたいなどと許されることではありません。また私も、そのような気持ちにはなれません。私は、一介の女として暮らしたいと考えています」

「哀しいことをおっしゃるものだ」

敬四郎がぽつりと言った。そしてその目で、しっかりと加奈の目をとらえながら、

「加奈様がお屋敷を出られてから、奥方様も殿様も、どれほど心配されたことか

……奥方様は長い間臥せっておられました。食事も召し上がらず、涙を流してばかりでございました……お屋敷に奉公する我々も、本当に心配したものです。近頃はようやく妹君様のご婚儀のお支度で、気持ちを紛らわしておられますが、その心中や、いかばかりかと存じております」

「………」

加奈は、敬四郎の視線から逃れるように横を向いた。もう何も聞きたくない、そんな態度だった。

しかし敬四郎は言葉を続けた。

「本日はこれで屋敷に戻りますが……」

「もう、放っておいて下さい」

加奈は遮るように言うと、お登勢と十四郎に一礼して退出していった。

敬四郎は大きなため息をついた。

「敬四郎殿、斉藤の殿様は加奈殿のことをご存じなのか」

十四郎が訊いた。

「それが……」

敬四郎は言葉を濁したが、一拍おいてから話した。

「おちよさんから加奈様の話を聞きまして、まずは奥方様に話しました。奥方様は安堵(あんど)されて涙を拭っておられました。ですがまだ、殿のお耳には入れておりません。奥方様も中の姫様の婚礼が終わるまで殿様にはお知らせしないようにとのことでした」

「ふむ、ずいぶん慎重なことだな」

十四郎には不満だった。行き方知れずになっていた娘が見つかったというのに、いかにも八百石の旗本らしい形式ばった仕儀ではないか。

「警戒しているのでございましょう。加奈様がお屋敷を出られてまもなくのことでした。私の父が用人を務めていた頃の話でございますが、島田禎治郎の母親だと申す女が屋敷を訪ねて参りまして、金の無心をしたのです」

「何、初めて聞く話だ」

十四郎は言って、お登勢と顔を見合わせる。

「加奈様の前では話せませんでしたが、島田の母親の言い分は、倅をこの屋敷の養子に迎えてくれないのなら、日々の暮らしの金を出してほしいというものでした。父は殿にそれを伝えました。すると殿は大変立腹されまして、その場で勘当を告げるよう父に申されたのです。以後、屋敷にも近づかないようにと……。殿にとって島田の名は、けっして許すことのできない名前となっています。離縁ができたのちの話ならばまだしも、今の状態では、お会いにならないと存じます。そこでなんとか、殿の許しを得られるようにと、こちらのおちよさんと話していたのですが……」

敬四郎は言い、懐から紫の袱紗に包んだ物を、お登勢の膝前に置いた。

「五十両ございます。奥方様と相談の上お持ちしました。なにかと費用もかかるものと存じますので」

そうして二人は、加奈様をよろしくお頼みしますと礼を尽くして帰って行った。

八

加奈は部屋の中から、暮れなずむ外を眺めている。

橘屋の庭には桜の木や紅葉の木が植わっていて、今は深い緑をなして夏の熱風を冷やし、その風を二階の窓まで送ってくれている。

階下からは旅人を迎える声や、食事の配膳をする食器の音がかすかに聞こえてくるが、それもいたって抑えた音で、加奈の耳には安らぎを与えている。

こんなに落ち着いた気分で座っていられるのは何年ぶりだろうかと思う。屋敷を出て、禎治郎と長屋で暮らし始めてまず困ったのは、料理をしてくれる者がいないということだった。

最初は姑のおいわも、加奈が料理や洗濯や掃除のできないことは承知していてくれて、口やかましいことは言わなかった。

ご飯は禎治郎が炊いてくれたし、おかずは煮売り屋で仕入れてきた。

ところが、ある日を境に、姑は鬼のような女になった。

お屋敷に顔を出して、暮らしのお金をもらってきてほしい。家も一軒借りたいし、女中の一人もつけてもらうよう頼んできてほしい。

加奈にそう言ったが、加奈がそれを断った翌日から、姑は加奈に、

「あたしが頼んだことができないと言うのなら、加奈さん、あなたに家事をやってもらわなくてはね」

などと言って厳しく叱咤をするようになったのだ。

それればかりではなかった。日々の暮らしの金がない。あなたがお屋敷からもらってこられないと言うのなら、筆耕でもなんでもして金を稼いでもらわなければならないんだと姑は言い出したのだった。

禎治郎が加奈を屋敷から連れ出したことで、それまで収入源となっていた道場からも、二度と門内に足を踏み入れぬよう厳しく言い渡されたからだった。

「斉藤家の婿に迎えてもらえると思っていたのに、このザマだ」

などと姑はあけすけに物を言うようになり、加奈はなれない家事に精根尽きるほど頑張ったが、姑に気に入られることなどある筈もない。

それでも島田と別れられなかったのは、もはや屋敷には帰れないと考えたからだ。男に血迷って屋敷を出たが、斉藤家八百石の家を汚すことはできないという武家の娘としての矜持は失ってはいなかった。

そしてもうひとつ、禎治郎の体から離れられなくなっていた。それだけが自分を禎治郎に繋ぎ止めていると思うこともあった。

恥ずかしく汚らわしく嫌悪に苦しむ時もあったが、そこから脱却するには三年という月日が必要だったのかもしれない。

姑の言葉のひとつひとつに理不尽だと思えるようになり、その姑に逆らえない夫の情けなさを目の当たりにし、夜の営みにも熱情が感じられなくなって初めて、加奈は自分を冷静に見られるようになったのだ。

——この宿には、来るべくしてやってきたのだ……。

ようやくこの静寂に身を置くことができたのだと、加奈は橘屋で暮らすようになって感じている。

そうして気持ちを落ち着けて、これまでのことをじっくりと振り返ってみると、いかに自分は両親から愛されてきたのか分かる。

また、どれほど暮らしに恵まれてきたのかも、今だからこそ身をもって分かるのだ。

——それに……。

敬四郎の深い気遣いも、今の加奈には分かっている。

忘れもしない。加奈が禎治郎に夢中になって周りがみえなくなっていた時、母の名代（みょうだい）で護国寺（ごこくじ）に参ったことがあった。

駕籠（かご）に乗っての道中、供は敬四郎とおちよだった。斉藤家の用人がまだ敬四郎の父親だった時代だ。

加奈と敬四郎は三つ違い、敬四郎の方が年上だが、同じ屋敷内で育った間柄だ。加奈はお屋敷内、敬四郎は長屋で暮らしていた訳だが、幼い頃よりたびたび敬四郎は加奈の供をしている。

敬四郎はけっして外出の途中で余計な口を挟むことはない。いつもじっと加奈を見守っている。体躯もよく、剣術にも覚えがあったから家来の中でも供としては一番頼りがいがあった。

ところがこの日の敬四郎は、いつもの敬四郎とは違った。

本堂で手を合わせていても、境内を散策しても、何をしていても禎治郎の姿が頭から離れない加奈が、境内にある腰掛けに腰を下ろし、おちよに甘酒を買いにやらせたその時だった。

木立の中から、ほととぎすの鳴き声が聞こえてきた。

「キョッ、キョッ、キョキョキョキョキョ、テッペンカケタカ」

加奈が、ああもう夏になってしまったと、禎治郎と深い情を交わすようになってからの時の流れの速さをしみじみと思っていたその時、突然、敬四郎が加奈の前に跪いたのだ。

「加奈様、申し上げたいことがございます」

敬四郎は、そう言ったのだ。

「なんじゃ」

我に返って敬四郎を見ると、敬四郎は片膝をつき、頭を少し下げ、視線を下に向けたまま、

「私を含めて皆、加奈様の幸せを願っております。加奈様の幸せは家来たち皆の幸せでもあります。どうか斉藤家の長女としてのお立場をお忘れにならぬよう」

「何が言いたい！」

加奈は激高(げっこう)した。敬四郎が禎治郎とのことを言っているのは明白だった。

「小賢(こざか)しい。おまえに私の気持ちが分かるものか」

きりきりする声で言った。すると、

「私は、加奈様のお幸せを願っているのです」

頑(がん)として敬四郎はそう言う。

「おまえは、人を愛したことも恋したこともないでしょう。まして一緒に暮らしたいと思ったこともない……」

「私は、一生所帯を持たないと決めております」

「だから、そんなおまえに何が分かるのかと言っている」

加奈も感情むき出しに言った。

二人はいわば幼なじみも同然の仲。それまで言い合いをしたことは一度もなかった。その敬四郎に、加奈はもどかしい感情をぶつけたのだ。

敬四郎は黙っていた。下を向いたまま何か考えているようだったが、それが何なのか口には出さなかった。

しばらく敬四郎は俯いたままの姿で、加奈は顔を背けたまま息を凝らしていた。

その二人の耳には、ほととぎすの鳴き声だけが聞こえていた。

重苦しい空気が払われたのは、おちよが甘酒を買って戻ってきた時だった。

加奈は今ならはっきりと、あの時の敬四郎が、どれほど自分のことを案じてくれていたのか分かる。

その敬四郎の心を邪険にした私を、ふたたび案じて来てくれたのに——。

——敬四郎、おちよ……。

加奈の目に涙が滲み出る。

加奈は、姑にいじめられても歯を食いしばって一度も涙を見せたことがない。

だが今は、素直な気持ちで人の温かさが身にしみるのだった。

「加奈様……」

部屋の外からお登勢の声がして、するりと部屋の中に入ってきた。

「敬四郎様がこれを……」

お登勢は預かっていた紫の袱紗の包みを、加奈の前に置いた。

驚いて見返す加奈に、お登勢は言った。

「五十両あるそうです」

この日お登勢は、加奈を連れて慶光寺に入った。

万寿院にはかねてより加奈の話はしている。駆け込み人に旗本の娘というのは初めてのことだ。それもあって、万寿院にはこれまでの経緯いっさいを説明していた。

その上で、加奈が寺入りとなり、修行を終えたなら、尼になりたいと希望している。一度加奈に会ってもらえぬものかと、お登勢は万寿院に頼んでいたのである。

門を入って庫裏までの長い道を、加奈は神妙な顔でお登勢についてきた。

庫裏の前では、五人ほどの女たちが皆、頭に日よけの手ぬぐいをかぶり、襷を掛けて草むしりをしていた。

お登勢を見ると、皆立ち上がって礼をする。そしてお登勢の側にいる加奈にも、にこやかな笑みを送ってきた。

庫裏の横手の水場では、三人の女が裾をはしょり、こちらも襷掛けで、野菜を洗ったり、洗濯をしたりしている。

朝のこういったひとときは、寺入りの暮らしがどういうものなのか、一目で分かった。

方丈に上がって待っていると、まもなく薄い紫の衣を身につけた万寿院が入ってきた。

万寿院はふわりと座ると、にこやかな顔で、

「遠慮はいりません。加奈さんでしたね、もそっと近くにいらっしゃい」

その座を手で示した。

すぐに春月尼がお茶を運んでくる。

「どうぞ召し上がれ。このお茶は宇治の上林のお茶です」

「頂きます」

加奈は茶碗を取り上げて押しいただいた。

お登勢も頂く。飲み込んだあとに、ほんのりとした甘みが口の中に広がるようなお茶だった。

「美味しい……」

加奈は呟く。

「今度は御茶を点ててしんぜましょう」

万寿院は言い、加奈の気持ちをほぐした後で、

「加奈殿、仔細はお登勢から聞きました。たいへんでしたね、さぞかし心を痛めてきたのでしょうね」

加奈に言った。

「お恥ずかしく存じます」

加奈は手をつき、

「これも身から出たさび、両親を悲しませた天罰が下ったのだと存じます。この上は、寺入りが許された時には、こちらで修行させていただき、晴れて離縁が叶いましたら、尼としてお仕えしたく存じます」

決心の顔を上げた。だが万寿院は、

「あなたが今、そのような気持ちになるのは分かります。ですが、あなたには帰るお屋敷があるではありませんか。お父上もお母上も、きっと待っておられます」

「いえ……」

加奈はすぐに応えた。

「私には他に行くところはございません」

「加奈さん、意固地になっているのではありませんか。もう十分にあなたは苦労

をしたでしょう。あなたがこれからしなければいけないことは、これまでと違った人生を歩むこと、新しい生きがいを見つけることです。離縁が叶ったら、今度こそ幸せを掴まなくては……」

万寿院は言った。だが加奈は、

「万寿院様、万寿院様も若くして髪を下ろされ、長い年月をこちらでお暮らしと伺っております」

「私が髪を下ろしたのは亡き浚明院(しゅんめいいん)様を弔うためです。確かに側室として暮らした年月は短うございましたが、私は十分幸せを頂きました。だから今は、皆さんが幸せになる手助けをしたいと考えているのです。一度も幸せを感じずに尼になろうなんて哀しすぎます」

「万寿院様……」

加奈は、万寿院をじっと見詰めた。

庭からの日差しを受けた万寿院は、まるで後光をまとっているように見える。その光はどこまでも優しく、その姿を拝顔するだけで、心が癒やされる。加奈はそう感じていた。

「お登勢様」

ふいに縁側に藤七が現れた。

お登勢は万寿院に一礼すると縁側に出た。

「島田禎治郎がやってきました。離縁に応じる。加奈に会いたいと……」

「分かりました。近藤様にもお伝えして」

お登勢は、顔を引き締めて立った。そしてすぐに春月尼に耳打ちし、万寿院に断りを入れて加奈を寺に置いたまま、一人で橘屋に戻った。

禎治郎は既に座敷に通されて、十四郎の前に座っていた。

お登勢と金五が入って行くと、禎治郎はふっと笑って、

「加奈には会わせぬ、そういうことか。まあいい、ひとこと別れの言葉も言いたかったが、今更どうなるものでもあるまい」

禎治郎は、懐から離縁状を取り出して、お登勢の前に置いた。

お登勢はそれを取り上げて目を通し、

「確かに受け取りました」

禎治郎に言った。

禎治郎は、口辺(こうへん)に苦渋の名残りのある笑いを漏らしたが、その口元からは微かに酒のにおいが漂ってくる。

「ふむ、今度は丹後屋に婿入りするつもりか」

金五が苦笑すると、

「何……」

禎治郎は気色ばんだが、すぐに嘲笑を浮かべると、ゆらりと立ち上がり、

「では、あとはよしなに」

そう言って橘屋を出ていった。

九

翌日午前、お登勢と藤七は旗本斉藤兵庫の屋敷を訪ねた。

敬四郎が取り次いでくれて、書院で待っていると、まもなく斉藤兵庫と奥方の八江が入ってきた。

兵庫は今は無役だと聞いていたが、血色も良く、恰幅のいい骨太の男だった。お登勢を町人と見ているのか、その視線には冷たさが感じられて、加奈が屋敷に戻るのを躊躇うのも分かる気がした。

一方の奥方は肉付きもよく、ふっくらとしていて、柔らかな感じのする人だっ

た。

「縁切り寺慶光寺の御用宿を営む橘屋のお登勢と申します。こちらは番頭の藤七でございます。本日はお耳に入れたいことがございましてまかり越しました」

お登勢は、手をついた。

「敬四郎から聞いておる。加奈が世話になったようじゃが、あれは勘当しておる」

兵庫は難しい顔をして言った。血色が良いと思ったのは、怒りで頬を染めていたのか、兵庫の言葉はとりつく島もないほど冷淡に聞こえた。

しかし、それぐらいのことで、怖気（おじけ）づくお登勢ではない。

背中を伸ばし、まっすぐに兵庫を見詰めて言った。

「殿様は、慶光寺が駆け込み寺となった経緯をご存じでございますか」

「知らぬ」

「では、申し上げます。慶光寺が縁切り寺となりましたのは、かつて老中首座であった松平定信様、楽翁様の御意志でございます」

「何、楽翁様じゃと……」

兵庫の眉が開いた。

「そして、ご住職、庵主様が先の将軍家治様の御寵愛を受けたお万の方様、今は万寿院様と申されますが、楽翁様のたっての願いでお寺にお入りになったのです」

「……」

兵庫は驚いて、お登勢を見た。側に座る奥方も、驚きの表情だ。

権威のある者ほど権威に弱いということは、お登勢はこれまでの経験からよく分かっている。

案の定、兵庫の目の表情からは、お登勢を町の者として睥睨するような色は消えた。

「楽翁様、万寿院様の願いはひとつ、離縁できずに苦しんでいる女たちを救うことです。このたび、こちらの加奈様が私の宿に参りました」

兵庫の顔が怒りに染まる。お登勢はそれを見詰めながら、

「既にご存じのとおり、相手は島田禎治郎。寺入りしなければ事は難しいと踏んでいたのですが、昨日離縁が叶いました」

「まあ、ほんとうに離縁にが叶ったのですね」

奥方は思わず身を乗り出した。

「はい。加奈様は離縁されました」

お登勢は、もう一度きっぱりと告げた。

「それで、加奈は今どうしているのでしょうか」

奥方の顔には、一刻も早く娘に会いたいという気持ちがにじみ出ている。

「加奈様は、仏門に入りたいとおっしゃっているのです」

お登勢は告げた。

「仏門に……尼になりたいと、そう申しているのですか」

「はい。でもそれは、ひとえにご両親様に迷惑を掛けてはという、その一念だろうと私は思っております」

「殿様……」

奥方は、口をへの字に曲げている兵庫の顔を窺った。

「反省しているのならば、それでよし。島田と切れただけでも上出来だ」

「では、この屋敷に呼び戻してもよいのですね」

奥方は懇願するように言う。だが兵庫は、

「一度勘当した娘だ。尼になるというなら、それも良いのではないか」

「あなた……」

奥方は愕然として、青い顔をして黙った。

「殿様、加奈様を許してあげて下さいませ。加奈様はもう十分罰を受けております」

お登勢は手をついた。

「……………」

兵庫は顔を背けたが、拒否するというのではないとお登勢は思った。

お登勢は話を続けた。

これまで勘当された加奈が、随分苦労を強いられてきたことや、島田の家を出られなかったのは、帰る家のないことを自覚していたからだ。

加奈が一大決心をして離縁することができた。どうか、事ここに至っては、加奈を認めていただきたいとお登勢は訴えた。さらに、

「けなげに頑張ってきた加奈様を認められないなんて。血を分けた親子ではありませんか。加奈様は勘当されても、ずっと、お父上様、お母上様のことを考えて過ごされてきたんです。ご両親様にこれ以上恥をかかせてはいけないと……ご立派ではありませんか。加奈様がたとえ尼の道に入るとしても、一度は勘当を解いてあげていただきたい。この通りです」

お登勢は、なお深く頭を下げた。

だが、兵庫の声は聞こえてこない。

「！」

お登勢は藤七を促して立ち上がった。

「分かりました。これほど分からず屋の両親を目の当たりにしたのは初めてです。帰りましょう」

決然として踵を返したその時、

「待ってくれ……」

兵庫の声が飛んできた。

「この通り、礼を申す」

なんと、兵庫が頭を下げたのだ。そして、

「加奈は、わしの娘だ……」

ほとばしり出るものを押し殺した声で兵庫が言った。

この夜、木綿問屋丹後屋を番頭や手代に送られて、ほろ酔い加減で出てきたのは禎治郎だった。

加奈と離縁した禎治郎は、丹後屋に婿養子として入るのを承諾し、この夜は主夫婦とお花と番頭など、ほんの身近にいる人たちで前祝いの盃が交わされたのだ。

禎治郎はそうなれば、髷は町人風に結い、小袖に羽織を着て、にわか仕立ての若旦那になる。その着物は絹物だ。丹後屋では、主一家は絹の着物、番頭は紬、それ以下は木綿と決まっているらしい。

――絹など……。

浪人暮らしでは袖を通したこともない。さぞかし着心地がよいものだろうとふと思った時、

――おっかさんが喜ぶ。

母のおいわの嬉しそうな顔が頭に浮かんだ。

いやいや着物だけじゃない。母親のおいわにも、望み通り仕舞屋を一軒用意してくれるようだから、母親孝行をしようと心に決めていた禎治郎にとっては、願ってもないことだった。

「俺は何も分からん。よろしく頼むぞ」

番頭に禎治郎は振り返って言った。すると番頭は、

「商いのことは、旦那様がおっしゃる通り、少しずつ覚えていただければよいの

です。そのための番頭、手代でございます。それよりも、これで旦那様もお嬢様もひと安心でございます。お花お嬢様のあのように幸せそうな顔を近年見たことがございません」

番頭は禎治郎に、歯の浮くような世辞を並べたてた。

「では……」

禎治郎は、ひょいと手を上げると、丹後屋を後にした。

ふらりふらりと夜の風に当たりながら家路を急ぐ。その心が痛んでいない筈がない。

母のおいわはどうあれ、禎治郎は加奈に未練はあった。あれだけの家の娘を妻にしたのだ。自分にとっては誇りである。

「おまえには、それだけの値打ちがあるんだ。身分を超えた魅力がおまえにはあるんだ。おまえは浪人とはいえ立派な侍だ」

繰り返し禎治郎に言ってくれた母の言葉が、なによりの励みであった。

禎治郎は月の光を踏んで八丁堀の河岸通りに出た。長屋まであとひといきというところ、行く手にぬっと男が現れた。

男は両手を斜めに垂らして禎治郎を待ち受けている。

「誰だ！」

　禎治郎は、目を凝らして言った。

「島田禎治郎だな」

　ずいと男は近づいてきて、

「拙者は斉藤家の用人で、神崎敬四郎と申す」

　よく通る声で名乗った。

「何、斉藤家の用人だと……そういえばその顔、見覚えがあるな。用人ごときが俺に何の用だ」

　禎治郎はもう身構えている。敬四郎に危険な空気を察知したようだ。

「知れたこと、加奈様を幸せにするどころか、多大な苦労をかけたばかりか、そなたの母は、日々加奈様をいじめ通してきたらしいではないか。そうして家を出るように仕向けて離縁し、今度は大店の婿養子におさまるつもりらしいな」

「それがどうした……俺が無理にと望んだ訳ではない。それに、加奈とは昨日離縁したのだ。誰からも何も文句を言われる筋合いではない」

「人の道に反するのではないのか……よくも恥ずかしくないものだな」

「おまえに俺の気持ちは分かるまい。俺からすればおまえは、旗本の屋敷のご用人様だ。誰もが認める侍だ。だがな、俺はどうだ……」

　禎治郎は厳しく問いかけるような視線を送ると、

「母親の話では、俺はこの江戸に参勤にやってきていた男の倅だというのだが、その話も本当かどうか……その男に捨てられた母は、男への恨みを俺を立派に育て上げることで、晴らしていたようだ。寝る間も惜しんで働く母を俺は見てきている。薄い一枚のふとんしかない暮らしが長い間続いた時も、おっかさんの体温を全部おまえにやるからね……そんなことを言って抱きしめてくれた母だ。長ずれば、おまえほど良い子はいないと、おまえは立派な男子だと、朝に昼に褒めてくれて……俺は、自分ではどんな男か分かっていても、母の情を裏切ることはできなかった。この上は母とは一蓮托生、母のために生きていこうと、そうすることが正しいし、自分の幸せなんだと……」

　酔ったいきおいで、少々感傷的になった禎治郎の話を、

「言い訳だな。誰にとっても母はかけがえのないものだが、おまえは、恨みつらみの幼少期から一歩も出ていない下劣な男だ」

「何！」

　禎治郎は気色ばみ、

「俺を愚弄するのか」

刀の柄に手を遣った。

「愚弄されたのは加奈様の方だ。信じてついていった男に大切な一生を台無しにされたのだ。皆が黙っていようとも、私は許せぬ。天に代わって成敗してやる！」

敬四郎は、羽織を脱ぎ捨てた。よく見ると敬四郎は既に刀の下げ緒で襷を掛けているのだった。

「小癪な、俺に勝てるかな」

禎治郎は草履を背後に脱ぎ飛ばした。そして刀の鯉口を切り、敬四郎を睨みながら刀を抜きはなった。その刀の刃が月の光で、きらりと光る。禎治郎は上段に構えて言い放った。

「その命、もらったぞ……」

「うむ……」

敬四郎も正眼に構えて立った。

月の光が二人を静かに照らしている。人の影はひとつも見えない。

耳に聞こえてくるのは川岸で鳴く虫の声ばかり。

敬四郎が動いた。剣を下段に落としながら、すり足で禎治郎の左手に回った。と、その時だった。

禎治郎が飛びかかってきた。

敬四郎は、その剣を撥ね上げた。同時にその剣を斜めに打ち下ろす。だが、この一打を、禎治郎はなんなく躱した。

「ふん、俺を誰だと思っている。道場で指南役の右腕と言われた男だぞ」

今度は禎治郎が鼻で笑うと、再び敬四郎に飛びかかった。

一閃、また一閃、打ち合い、斬り合い、躱して飛びかかる。

二人は何度も激しい斬り合いを続けながら、次第に荒い息を吐いていた。

「どうした……かかってこぬか」

誘うようににやりと笑った禎治郎に、敬四郎は力を振り絞って飛びかかっていった。

二人は、がっしと鍔を合わせた。力一杯押しながら、次の一瞬、互いに背後に飛んだが、

「あっ」

敬四郎が石ころに足を取られて、尻から落ちた。

「うおぅ！」

その一瞬を見逃さず、禎治郎は走っていって打ち下ろした。

「ぐっ！」

だが次の瞬間、前のめりに音を立てて落ちたのは、禎治郎だった。

「十四郎殿！……」

敬四郎が驚いて起き上がる。

十四郎は、落ちている禎治郎の刀を蹴飛ばしてむこうにやると、その襟首を引きあげて、

「おまえは殺されても文句の言えぬ人間だが、俺は殺さぬ。俺が殺さずとも、いずれ罰が下るだろうからな」

禎治郎に厳しく言うと、突き放した。そして今度は敬四郎に向いて言った。

「まさかとは思ったが、敬四郎さん、こんな男にかまっちゃいけません。放っておくがよろしかろう。人生の無駄だ。それよりおまえさんは、斉藤家をしっかりと守っていくことだ、違うかな」

敬四郎は、がっくりと頭(こうべ)を垂れた。

数日後、その敬四郎が再び橘屋にやってきた。おちよも一緒だった。

二人はすぐに、藤七と一緒に慶光寺の門をくぐった。

既に慶光寺の本堂では、万寿院をはじめ寺入りしている女たちの朝の読経が始まっていた。

その中に加奈の姿があった。そして加奈を補佐するようにお登勢が控え、離れて金五と十四郎も手を合わせている。

皆の声が、本堂に向かう敬四郎とおちよの胸を打つ。それは言葉では言い尽くせないような荘厳な声だった。

歩むたびに心が癒やされていくような、そんな感じを敬四郎もおちよも受けている。

やがて読経が止んだ時、敬四郎たちも本堂の片隅に座していた。

一瞬緊張が走ったのは、加奈の髪を切る儀式が始まった時である。

加奈はやはり、尼になることに拘ったのだ。

両親に一度会うために屋敷に足を踏み入れたが、

「かさねがさねの親不孝をお許し下さいませ」

そう告げて両親に詫び、やはり一度は仏の近くで暮らしたい、修行したいと頭を下げたのだった。

斉藤兵庫も妻の八江も、それを許した。加奈の心を癒やし、芯から出発できなければ、今後の幸せはない、そう考えたのだった。

その日加奈は、両親や妹たちと膳を囲み、家来や奉公人に見送られて、再び橘屋にやってきたのだった。

むろん、万寿院の許しがなければ、寺で修行はできない。

慌ただしい数日を送った加奈だったが、今日はいよいよその儀式が行われる。

読経が止み春月尼が捧げた小刀で、加奈の髪を切り落とした。

加奈は万寿院や仲間に頭を下げた。

万寿院が加奈に数珠(じゅず)を授ける。

「精進するように……」

「ありがとうございました」

加奈が頭を下げると、万寿院は春月尼と方丈に引き上げていった。

次には女たちが、順々に自分の部屋に引き上げていく。

加奈は、改めて、残っていた十四郎やお登勢たちに、深々と頭を下げた。

「ご健勝(けんしょう)をお祈りしています」

敬四郎が言ったその時、慶光寺の池の畔の梢から、

「キョッ、キョッ、キョ、キョ、キョ、キョ」

ほととぎすの鳴き声が聞こえてきた。

加奈は、敬四郎を見た。敬四郎が頷いた。

加奈の目から、つーっと一筋涙が落ちる。

「………」

じっと見詰める敬四郎。

十四郎もお登勢も、その様子を見過ごしてはいなかった。

——仏の道に……。

新しい自分を見つけようとしている加奈を、お登勢も十四郎も密かに応援しているのだった。

第二話　秋の蟬

一

大横川に架かる扇橋近辺で、毎朝しじみをとっている少年がいる。

尻はしょりをして、腰には竹駕籠をくくりつけ、手ぬぐいを首に巻き、他人の目を気にする様子もなく一心不乱に竹の熊手を使っている。

お使い帰りの万吉は足を止めて少年の様子を見た。

万吉がその少年の様子を見るのは初めてではない。何度も見ている。

自分と同じ年頃の少年が、しじみをとっている姿は、万吉の胸を打っていた。

――ああして毎日しじみをとって売り歩いているのだ……。

その少年が、裕福な家の子でないのは確かだった。万吉は浅草寺で親に置き去りにされ、泣いていたところをお登勢に拾われて橘屋の一員となった。苦労をしている子供を見ると、昔の自分の姿と重なるのだ。

毎朝しじみをとっている少年は、どんな身の上の子供なのか、以前から一度声を掛けてみたいと思っていた。

だが万吉は、その姿を見ながら素通りしていた。こちらは橘屋の用事で出てきているし、むこうは脇目も振らずという感じで、話しかける機会がなかったのだ。

ところが今日は、少年が川から土手に上がってきた。そして草の上に腰を据えて手ぬぐいで汗を拭い始めたのだ。

――よし。

万吉は土手を下りていった。

「いっぱいとれたじゃないか」

竹籠の中を覗いて笑いかけた。

「いや、もう少しとらなくちゃ商いにはならねえんだ。だけど、今日はこれで終わりだ」

少年は笑顔で応えた。

万吉は嬉しくなった。竹籠に手をつっこんで、収穫したしじみを手のひらに載

せ、

「このあたりのしじみも業平しじみなのかい？」

浜でおじさんが漁師に聞くように、大人ぶった顔で少年に聞いた。

「たぶんね。この上流の業平橋あたりのしじみを業平しじみっていうのは知ってるだろ？　江戸で一番珍重されてるしじみなんだ。これもそうだと思うよ、なんてったって川が繋がってるんだから、同じ物だ」

「いくら稼いでいるんだい」

万吉は、少年の稼ぎが気になっている。なにしろしじみは一升が六文とか八文とか、めっぽう安いのだ。竹籠の中のしじみは、たくさんあるとはいえ三升あるかどうか。

「月にして百五十文から二百文は稼いでいるぜ。おいらはおっかさんに苦労を掛けているから……」

「そうか、親孝行なんだな」

そこはちょっぴりうらやましい万吉だ。

「だっておいら、手習い塾にだって通わせてもらってるんだぜ。おっかさんは毎日寝るのも惜しんで働いている。だから俺だって働かなくちゃ申し訳ねえ。今日だって、これを売ったら手習いに行くんだ」

　少年は得意そうに言う。

「おいらも奉公人だけど、ちゃんと手習い塾に通わせてもらってるよ」

　万吉も胸を張って言い、

「そうだ、一升ほどもらうよ、いくらだい？」

　少年に聞いた。

「いいのかい……無駄遣いしちゃあ、お店の旦那さんに叱られるんじゃないのかい？」

　少年は大人ぶったことを言う。

「心配するなって。おいらはまだ小僧の使いっぱしりなんだけど、お小遣いはもらっている。おいらのお小遣いで買うんだから、誰にも文句は言わせないよ。しじみを買うぐらいは持ってるんだ……いくら？」

　万吉は巾着を出した。

「八文」

　少年は申し訳なさそうに言った。

　万吉は頷くと銭を払ったが、ふと入れ物がないのに気づいた。そうだ風呂敷があると思い出して、懐から風呂敷を取り出して、それにしじみを入れてもらった。

「ありがとう、助かったよ。実はおいら、しじみを売るのは今日でおしまいなんだ。おいらも奉公に出るんだ。奉公に出たら、しじみとりなんてできないだろ？」

「へえ、どこに奉公するんだい？」

万吉が尋ねたところに、背後の土手の上から怒声が掛かった。

「万吉、そんなところで何してんの。忙しいんだから、早く！」

振り返ると、土手の上でお民が腰に手を遣って万吉を睨んでいた。

「いけねえ。俺、万吉っていうんだ。いつか遊びに来てくれよ。慶光寺の前にある橘屋だから」

「橘屋？」

少年は怪訝な顔をしたが、万吉はしじみを入れた風呂敷包みを抱えて土手を上っていった。

まもなく、そのしじみは、板前の指示で台所女中の手で水に浸けられて泥を吐かされていた。

そして万吉はというと、台所の板の間で、お登勢の前に座らされていた。側にはもちろんお民がいて睨んでいる。

「万吉、勝手に買い物をするのは、これっきりにするのですよ」

お登勢は、万吉が少年に払った八文の銭を、万吉の掌に載せて言った。

「お登勢様、甘いですよ。厳しく言わないと分からないんだから」

告げ口をした手前、お民の顔は仁王様だ。

万吉も頭を下げて、銭を載せた掌をお登勢の方に突き出した。

「これは、いいです。おいらの勝手で買ったんですから」

「大切なお小遣いで買ってやりたくなった気持ちは分かるけど、台所の差配は板前さんのもの。毎日の献立は板前さんが考えているのですから……それに、おまえにはたいしたお小遣いは渡してないんだから、さあ、もうそれは、おしまいなさい」

お登勢がそう言ったその時、仲居頭のおたかがやってきて告げた。

「玄関にお客様です。醬油問屋の『紀州屋』の番頭さんで治助さんとおっしゃる方です」

「紀州屋の治助さん……」

お登勢は首をひねった。

「以前、こちらでお世話になったとおっしゃっていますが」

お登勢には、はっきりと覚えがなかった。

「分かりました。とにかくお通しして……藤七さんにも伝えて下さい」

お登勢は立ち上がった。


「さようでしたか、徳兵衛さんはお亡くなりになったのですか。紀州屋がお世話になったのは十年前のことでございますから、徳兵衛さんが女将さんと一緒になったのは、そのすぐ後だったんですね」

治助は驚いた顔で言った。白髪交じりの五十そこそこと思える番頭で、温厚な感じの男だった。

「夫が亡くなったのは六年前、一緒になってわずか三年の暮らしでございました」

お登勢が言った。すると藤七が、

「今では女将さんなしで、この宿は成り立ちません。幸いなことに、お登勢様も新しい旦那様を迎えられて、私たち奉公人も安堵しているところでございます」

藤七はそれとなく、お登勢が塙十四郎という諏訪町に道場を持っている剣客と

一緒になり、御用宿としてのお役目も一層心強いものになっていることを告げ、

「十四郎様とおっしゃるのですが、そりゃあ強いのなんのって。えい、やあって、ひと振りすれば、どんな悪漢だって退散ですからね」

藤七はいつになく、刀を振り下ろす真似までして、新しい橘屋の亭主を自慢した。

「藤七……」

お登勢が苦笑してたしなめると、

「すみません、つい……」

藤七は頭を掻いた。すると治助は、がばと手をついて、

「お侍がこちらの宿の主とは、大変心強いことでございます。実は本日伺いましたのも、少々厄介なことをお願いしたいと存じまして」

と言う。

「はて、何のお話か。確か私の記憶では、紀州屋さんの主は喜兵衛さんでしたな」

藤七が聞き返す。

「はい、さようで……お内儀のおきよさんがこちらに駆け込みまして、それで離

縁となったのですが……」

「そうでした、幼いお子を連れての駆け込みでした」

藤七は大きく頷いた。

「それでこのたびお願いに上がりましたのは、別れたおきよさんを捜していただけないかと存じまして……」

治助は懇願の顔で言う。

「おきよさんを……別れた方を、何故お捜しになるのですか？」

お登勢は怪訝な顔で訊く。

「はい。主は、おきよさんが育てているお子に会いたいと申しておりまして」

「しかしそれには……」

すぐに藤七が言葉を挟んだ。

「喜兵衛さんの母おきたさんの承諾がいるのではありませんか。おきたさんは息子の後妻のおきよさんを気に入らなかった……それで別れることになったんですから」

勝手なことを言うものだという渋い顔の藤七に、

「おっかさまのおきた様は今年の春に亡くなりましたので」

治助はあわてて言う。

なるほど、そういうことかと藤七は頷いた。続けて治助は、

「実は先日でございますが、旦那様が寄り合いの帰りに何者かに殴打（おうだ）されまして、今治療中でございます。命に別状はなかったのですが、先々を案じられて、跡取りのことをきちんと決めておきたいと……」

「ちょっと待って下さい。治助さん、跡取りはいらっしゃったのですか、確か扇太郎（せんたろう）さんとかいう先妻の……」

言いかけた藤七が言い終わる前に、

「その扇太郎様も亡くなりました。三年前に流行病（はやりやまい）に罹（かか）りまして……つまり紀州屋では相次いで、主喜兵衛の嫡男の扇太郎様と母親のご隠居様が亡くなったのです」

治助は顔を曇らせた。

醤油屋としての名声は得たものの、主喜兵衛の身辺は寂しいものになったのだと言う。

「すると、喜兵衛さんは、その後、再婚はしていないのですか」

藤七の問いに治助は頷いた。

「再婚しても、またおきよの二の舞いになるに違いない。母親が存命中は難しい、そう申しまして……」

藤七は頷いた。

喜兵衛の母おきたが極端におきよを嫌っていたことを藤七は知っている。

「番頭さん。すると喜兵衛さんは、おきよさんのお子に会って、その子を紀州屋の跡取りにと考えていらっしゃるということでしょうか」

二人の会話を聞いていたお登勢が言った。

「はい、そうです」

治助は頷く。

「しかし、うちでは離縁した人たちが、今どこで何をしているのか、なかなかそこまでは見守ることができません。近年に離縁した者なら捜しようもありますが、十年も前のことですと……」

お登勢は、小さく溜め息を吐くと、藤七に顔を向けて尋ねた。

「藤七、どうですか」

「はい。お登勢様のおっしゃる通り、なかなか難しかろうと思われます」

藤七も難しそうな顔で答える。

「そこをなんとか……私どもも、おきよさんの実家には既に使いを走らせたのですが、一人暮らしだった母親も亡くなり、家も空き家になっているとかで、おきよさんは行き方知れず、それでこちらにお縋りする他ない、そう思いましてお願いに上がったのです」

治助は両手をついて懇願した。

二

その夜、橘屋のお登勢の部屋に、近藤金五と十四郎も加わって、紀州屋の頼み事について相談することになった。

金五は、十年も前に駆け込んできた者の探索など無用だと端から反対のようだ。

「十年前だとすると、俺も寺役人にはなってはいないのだ。俺が寺役人になったのはお登勢殿がここの内儀になった年だからな」

金五は何時の頃からか、お登勢殿とどのをつけて呼ぶようになった。以前は呼び捨てにしていたのに十四郎の妻となってからは、それではまずいと思ったらしい。

とにかく金五は、自分が関わってもいない駆け込みに、溯って関わるなど御免被りたいというのだった。

「まあまて、金五。今、駆け込みを抱えているか……いないだろう……珍しく取りかからねばならない案件はひとつもないのだ」

側から十四郎が言った。するとお登勢が、

「紀州屋さんは相当お困りのようでした。確かにここにいる者のうち、当時の事情を知っているのは藤七だけです。本来なら近藤様のおっしゃる通り、関わる必要もない話かもしれません。ですが私は二点、気になることがあるのです」

皆の顔を見渡した。

ちょうどそこに、お民がおたかと酒を運んできた。盆には銚子と盃、それに酒の肴が二品載っている。

おたかはその盆を皆の膝前に置きながら、

「こちらはいかの甘辛煮、そしてこちらはわさびの葉を和えたものです。お客様にお出しした残り物ですが……」

断りを入れ、退出していった。

「ほう。話は憂鬱だが、これはいいな」

金五は早速箸をとって、いかの煮物を口にし、わさび菜の和え物で舌つづみを打つと、

「うん、旨い。俺はこのわさび菜が気に入った。これならいくらでも酒が飲めるぞ」

満悦の顔で盃に酒を注ぎ、喉を潤してから、

「なんだ、お登勢殿。気になる二点というのを言ってくれぬか」

思い出したように言った。酒と肴が気に入ったのか、先ほどの難しげな顔が一転、耳を傾けてもいい顔になっている。

「ひとつは……」

お登勢は、皆が箸を使っているのを見ながら言った。

「ひとつは、これは私がこの宿を継いだ時に心に誓っていたことなんですが、ひとりでは別れることが叶わない女に手を貸すのはむろんですが、できる限り、離縁したのち独り立ちできるようにしてあげたいと考えたことです。だから三ツ屋というお店を始めました」

淡々と説明していく。

お登勢のいう三ツ屋とは、永代橋（えいたい）を眺める川縁の佐賀町（さがちょう）に開いた店だ。

寺入りして離縁が叶っても、そののち一人で生きる術のない女を、三ツ屋で働いてもらうことで自立の後押しをしているのだ。

また、寺入りの時には必要な費用を納めなければならないのだが、その費用の工面ができない女がいる。橘屋はそのような女のために費用を肩代わりしてやっているのだが、その者は寺を出たのちは三ツ屋で働き、橘屋に借金を返済することになっている。

そういう事情で三ツ屋で働く女たちの評判はことのほかよく、最初は単なる水茶屋のような店を始めたのが、今では立派な料理屋となって繁盛しているのだった。

つまりお登勢の真骨頂は、離縁しておしまい、というのではなく、その後の暮らしにもできるだけ気配りをすることにあるのだ。

「だからこのたびの話も、知りません、終わった話です、橘屋は離縁させたら後は知りません、ではいけないと思うのです。私は、おきよという人が、今行き方知れずになっているというのが気がかりなんです」

「よし、ひとつは分かった。もうひとつはなんだ」

金五が訊く。

「もうひとつは、主の喜兵衛さんが何者かに殴打されたということです。誰にやられたのか分かりませんが、紀州屋の跡取りの問題が挙がっているようですから、それでちょっと心配なんです。ですから、一度検討してみて、それでうちでは無理だということなら、それはそれで仕方のないことだと思うのですが……」

お登勢は、皆の顔を見渡した。

「お登勢殿には敵わぬな。十四郎も大変な女房殿をもらったものだ。分かった、酒も飲ませてもらったことだ。藤七、お前の知っていることを話してくれ。俺たち三人は何も知らないのだからな」

金五は言った。

「分かりました、お話ししましょう。十年前の帳面を見ていましたら、当時の記録が出てきましたので……」

「ちょっと待て、それは寺にもあったのかな」

「いえ、近藤様の方には記録はないと思います。ここに駆け込んではいますが、寺には入っておりませんので……」

藤七はそう前置きすると、膝の上に昔の資料を置いて捲りながら三人に説明した。

十年前の秋の夕刻、橘屋の庭からこおろぎの鳴き声が時雨となって聞こえていた頃だった。

一人の若い女が、まだ二歳になるかならぬかという男の子を抱いて橘屋にやってきた。

その時、橘屋の主はお登勢の前の夫徳兵衛だった。徳兵衛はお登勢を迎える前の二十七歳。そして番頭は三十半ばの藤七だった。

駆け込んできた女は、紀州屋の内儀でおきよ。その倅は吉次郎と言った。

紀州屋といえば、江戸の地回り醬油問屋として仲間を牽引するほどの、知らぬ者はいない醬油屋だった。

地回り醬油とは、京大坂からはるばる運ばれてくる下り物醬油に対して、江戸近辺で作っている醬油のことを言う。

江戸が出来た頃には、醬油はすべて京大坂から下ってくる高価な物だったが、文政年間になると、江戸に荷揚げされる醬油の樽は、百二十万樽となり、その九割強が江戸の近くで作られた地回りの醬油になっていた。

安房、下総、常陸、武蔵、下野、相模などで盛んに醬油が作られるようになっていたし、また江戸人に合った濃い口の醬油が生産されたのも地回り醬油だ。味が良かったのは、上方からやってきた醬油造りの名人たちが、この江戸近郊で作り始めたということもあるようだ。

紀州屋の先代も、もとは紀州の国で醬油造りをしていたのだが、近年は江戸近郊で作らなければと、地回り醬油の需要を見越して出てきたようだ。

だが醬油造りではなくて、近郊で作られる醬油のよしあしを見極める問屋を始めたのは、地回り醬油の中には、いかにも粗悪な醬油があったからだという。

これは醬油じゃない。醬油の目利きが必要だ。美味しい醬油を使ってもらいたい。

紀州屋の目利きは功を奏し、紀州屋が仕入れた醬油には間違いがないと評判をとり、押しも押されもせぬ地回り醬油の卸問屋となったのであった。

それほど大きい店の、おきよは内儀だというのだが、着ているものは粗末だった。

絹の京友禅や加賀（かが）友禅を着ていてもおかしくないのに、おきよが身につけていたのは八王子産の紬（つむぎ）だった。

紬も糸は絹だが、通常大店では番頭格が身につける代物だ。大店の主や内儀は、大概絹物を身につけている。

慎ましい内儀だと藤七は思ったが、子供に着せているのも紬で、紀州屋はよほどの締まり屋かと思った。

だが、これは後に分かることだが、紀州屋ではおきよ親子だけが、一段格下の扱いをされていて、姑だったおきたも喜兵衛も、そして先妻の倅の扇太郎も、上物の絹の着物を着ていたのだった。

おきよが駆け込んできた時には、そんな事情は知らないまま、徳兵衛も藤七も、子供を抱えてまでなぜ離縁を望むのかと怪訝に思ったのだった。

ところがおきよは、

「私はあの家にこのまま暮らすことはできません。怖いんです」

と言うのだった。

その理由は、姑のおきたの嫁いびりだった。

それには深い事情があって、先妻のおていは姑おきたの妹の娘だったのだ。

おていが病で亡くなると、喜兵衛は女中だったおきよを後妻に置いたのだが、おきよが男の子を産むと、おきたのおきよいじめは以前にもまして酷くなったのだ。

「お前は女中だったんだから、分をわきまえなさい」

などと露骨に見下して言い、食事も皆が済んだ後で食べるように命じ、食事の中身も奉公人と同じだった。

しかし、おきよが離縁をと思ったのは、そんなことではなかった。

我が子吉次郎を見る姑の目が、扇太郎を見る目と大きく違っていたことだ。

「男はいらないよ、女だったら良かったのに……」

姑はそんな言葉を平気で吐き捨てるように言った。

――この家にいては、この子は扇太郎とは区別されて十分な教育はつけてあげられないかもしれない。

吉次郎に乳をやりながら、何も分からない、いたいけな我が子の顔に、おきよは何度涙を落としたかしれない。

自分はどんな酷い目に遭ってもいいが、この子が私と同じような目に遭うのは許せない。

だんだんと姑に対する憤りが膨らんでいく。

そんな折に、おきよは風邪をひいて寝込んでしまった。熱が高く何枚ふとんを掛けても寒く、このまま死んでしまうのではないかと不安だった。

おきよは、吉次郎を一番信用のおける台所女中のおしのに頼んだ。風邪をうつしてはいけないと思ったからだ。

番頭の治助は、この様子を見るに見かねて医者を呼んでくれた。

医者は、肺炎になるといけないから、熱が下がるまでは寝ているようにと言い、薬を置いて帰っていった。

するとそのあと、姑が部屋にやってきたのだ。姑は腕を組んで見下ろすと、

「食事の支度を早くおし、お前が女中たちに差配しないと台所は片付かないんだから」

そう言い放ったのだ。

「すみません、熱が高くて、お医者様からも安静にするように言われていまして……」

断りを入れたおきよに、

「ふん、うまくお医者を騙したもんだね。まあね、女中の分際で喜兵衛を手玉にとって正妻に納まるほどの女なんだから、推して知るべし。怠けたいばっかりに風邪だなんて、仮病だろ?」

そう言って鼻で笑ったのだ。

「うっ」

おきよは怒りに震えて立ち上がっていた。思わず拳を振り上げようとしたが、すんでのところで押しとどめた。この時おきよは、

──殺してやりたい。

一瞬そう思ったというのである。

おきたはこの時、刃向かおうとしたおきよを見て、少し驚いた様子で、

「姑に逆らう気かね。それほど嫌なら出ておいき！」

毒づいて部屋を出ていったのだ。

おきよは泣いた。涙が止めどなく流れた。

この時おきよは誓ったのだ。

──風邪が治ったら、この家を出ていこう。それが紀州屋のためにも、自分たち親子のためにも最善なんだ……。

「私、あの家にいたら、いつか姑を恨みに恨んで、どうにかするかもしれない。そんな予感がして恐ろしいんです」

包み隠さず、おきよは徳兵衛と藤七にそう言ったのだ。

橘屋は駆け込み寺の御用宿だ。駆け込んでくる女たちの中には、夫との確執も

あるけれど、嫁姑の問題も多い。

だが、おきよの話が本当なら、これほど酷い姑の話を聞いたことがないと藤七は思った。

すぐに夫の喜兵衛に差し紙を送り、金五の前任の寺役人も含めて話を聞いたのだが、おきよの話に嘘はなかった。

喜兵衛は別れたくないようだったが、やはりおきよを紀州屋に縛りつけておけば、のちのち思わぬ事態を招きかねない。そう思ったらしくて、まもなく離縁を承諾してくれたのだった。


藤七は、当時の状況をざっと話すと、膝の上に載せていた帳面を閉じ、皆の顔を見渡した。

「しかし紀州屋の亭主は、女房をなぜ庇わなかったのだ……自分の女房じゃないか」

金五が不満を口にした。

「それですが、母親がおきよさんをいじめるたびに、はじめのうちは後でこっそり、母親に手加減するように言っていたようですが、倅が嫁の味方だと知ると、いじめはいっそう酷くなる。それで強くは言えなくなった……つまりは母親には抗うことができなかった、そういうことらしいのです」

　藤七が説明した。

「確かに……うちの母親も千草に直接言うことはないが、陰で女中に不満を漏らしていることがある。俺が一度、叱ったらすねてしまって、困ったことがあった」

　突然金五は、深いため息を吐いた。

「金五、どうだろう。駆け込みが入るまでの時間、紀州屋の頼みを聞いてやることはできぬか」

　十四郎が言う。すると金五は苦笑して言った。

「十四郎、おまえさんの奥方の顔を見てみろ。もうとっくにやる気だ」

「近藤様」

　お登勢は、くすりと笑って金五を睨んだ。

三

翌日、十四郎は紀州屋に赴いた。

店は伊勢町堀に面した小船町一丁目にあり、間口は十間（約一八メートル）余もあった。

藤七から聞いた話では、奥行きも間口の二倍はあるということだから、御府内の地回り醤油問屋としての力は一目瞭然といったところか。

店の表は堀端通りに面していて、河岸に直接繋がっている。各地から運ばれてきた醤油樽が舟で運ばれてくると、河岸に荷揚げされ、人足たちによって直ぐに店の中に運ばれるようになっていた。

十四郎が訪ねた時も、人足たちが舟から醤油樽を下ろして店の中に運び込んでいた。

また、店の表に止めてある荷車には、奥から樽が運ばれてきて積みこまれているし、店の表の空き地には、空き樽が所狭しと積まれていた。

そして、それらの人足や点検をする者の動きに少しの無駄もないようにと、店の手代数人が目を光らせている。店は繁盛しているようだった。

生気漲る男たちの動きと、その体に光る汗、そしてそれらを包む醬油の香ばしい香りは、江戸の町の活況を感じさせる光景だった。

十四郎が想像していた以上の店構えに驚いていると、

「これは塙様……」

帳面を片手に出てきた番頭の治助が十四郎に気づいて走り寄ってきた。

「主殿に会いたいと思ってな」

十四郎が告げると、

「わざわざお運び下さいまして。主も喜ぶと存じます」

腰を折ってそう告げると、帳面を近くにいた手代に渡して、十四郎を店の奥の座敷に案内した。

「旦那様、橘屋さんが来て下さいました。お話ししました塙十四郎様です」

治助が部屋の外から告げると、

「これは、恐れ入ります」

臥せっていた喜兵衛は驚いて女中の手を借り、布団の上に起き上がった。

「そのままでどうぞ」

十四郎が制するが、

「いや、起きている方が気が晴れますから……」

喜兵衛は言い、女中が素早く寄せてくれた背もたれを使って足を伸ばして座った。右足に添え木がしてある。

「お見苦しいところを……」

頭を下げ、十四郎に座を勧めて、

「このたびは厄介なお願いを致しました。お引き受け下さいましたこと、ありがたく存じます」

喜兵衛は律儀に挨拶をした。

「襲われたと聞いたが、穏やかではないな。いったい誰に襲われたのだ……」

十四郎は座るなり訊いた。

「それが、はっきりとは……」

喜兵衛は戸惑いを見せる。

「そうですか。差し支えなければ、襲われた時のことを話してもらえぬか」

「まさか私の命を狙った訳ではないと思いますが……」

喜兵衛は、そう前置きしてから、襲われたのは一昨夜のこと、寄合からの帰りだと言った。

近頃醤油問屋の寄合では、誰が組合の頭取になるかで意見が真っ二つに割れている。

これまでは伝統がものを言って、下り醤油を扱ってきた大店が頭取を務めてきたが、今下り物は江戸に荷揚げされる醤油樽百三十万樽のうち五分前後に減っている。

もはや江戸の醤油組合を牛耳(ぎゅうじ)るに値しないという者と、いや老舗の看板は何にもまして大事だという者と、侃々諤々(かんかんがくがく)談合の最中だというのだ。

紀州屋は有力な次の頭取候補だが、もとを正せば先代が上方からやってきた者だというのに、今では地回り醤油に肩入れする裏切り者だとみなす下り醤油問屋もいる。

それだけではない。地回り醤油問屋の内でも、近頃めきめきと販売を伸ばしてきた紀州屋を快く思っていない者もいる。

「誰が味方で誰が敵なのか、とんと見当もつかないのです」

喜兵衛は、まず近頃の醤油問屋の会合が揉(も)めていることを説明してから、

「先日の会合は日本橋の料理屋『菱(ひし)や』さんでした……お開きになりましたが、

私は少し酔っ払っておりましたからね。駕籠で帰るより歩いて風に当たりたいと思いまして、江戸橋の近くまで歩いた時でした。

橋の手前は今普請（ふしん）の最中で、材木が立てかけてあるのですが、そこを通り過ぎようとしていた時でした。背後から誰かが走ってくるのが分かりました。ふっと後ろを振り向こうとした時に、その者は私の頭を狙って木刀のようなものを振り下ろしてきたんです。私は咄嗟に避けました。ところが酔っ払っているものですから、立てかけてある材木にどんと倒れ込んだのです。材木が一気に私の上に落ちてきました。私は気を失いました。

気がついたら家に寝かされていたんです。幸いなことに、上半身は材木と材木の隙間にあったらしくて怪我はなかったのですが、足がやられました。ですが、これぐらいで済んだことは運が良かったと思っています」

喜兵衛は、添え木をした右足を撫でた。

「襲ってきた者に覚えは？」

十四郎が訊くが、

「分かりません」

喜兵衛は不安な顔をみせた。だが、

「自分が襲われたことでつくづく思ったんですよ。今のうちに跡取りのことも考えておかねばと……それで橘屋さんにご厄介を申し出たのでございます」

じっと十四郎の顔を見た。

「なるほど、それで別れたお内儀のお子をと……」

十四郎が訊いた。

「はい、おきよとは夫婦の仲が悪くなって別れたのではございません。あまりに母親が厳しくて私も見ていられなかったんです。吉次郎が生まれてからは特に……母の頭の中には扇太郎しかいませんでしたので、おきよの産んだ子に身代を継がせてはなるものかと……」

「扇太郎さんの母親はご隠居の妹さんの娘、つまり旦那とはいとこだった訳ですな」

「はい、血の繋がる身内のようなものですから……ですが、おきよや吉次郎に冷たく当たる人間はもうここにはいなくなりました。それに吉次郎は私の血の繋がった、たった一人の倅でございます。吉次郎にあとを継がせたい、そう思っているのです」

「分かりました。手を尽くしてみますが、人捜しは時間がかかる」

「承知しております。幸い私のこの足も治療すれば治るようでございますから、あの時助けて下さいました柳庵先生には、本当に感謝しております」

喜兵衛は笑みを浮かべた。

「主殿、今柳庵先生と申したな。あの、北森下町の柳庵殿のことか」

「はい、塙様もご存じの方でしたか……」

喜兵衛は、ほっとした顔で笑った。


一方、藤七は、翌日には橘屋の若い衆七之助を供にして八王子の宿屋を出発した。

この地は、喜兵衛の女房だったおきよの実家のある所だ。紀州屋も一度は調べにきている筈だが、橘屋は橘屋の目で見届けておかねばならないのだ。

今回から七之助を連れているのは、橘屋の調べ人の一人として育てようと考えたからだ。

「今年から七之助と鶴吉に、駆け込み人周辺の探索吟味もやってもらうことにした」

昨日の十四郎のその言葉で、七之助と鶴吉は、しばらく藤七にくっついて、調べ人の仕事を覚えることになったのだ。

これまでは二人とも、ただの若い衆として使いっぱしりだったから、大いに緊張し、また目を輝かせて頷いていた。

このたびの八王子までの遠出で、まずは七之助を連れてきたという訳だ。

藤七は昨夜宿で、七之助を座らせてこう伝えた。

「お前の父親は昔岡っ引をしていた人だ。物事をきちんと調べて見極めをつける橘屋の仕事は岡っ引とよく似ている。しっかりやってくれ、期待している」

すると、七之助は張り切って藤七に誓ったのだ。

「ぬかりのないよう番頭さんの仕事を見習って、あっしもお役に立ちたいと思います」

二人を今回から調べ人に加えたのは、ひとつには二人がもう立派に役目を担えると思ったからだが、もうひとつの理由は、十四郎が白河藩の息の掛かった諏訪町の道場主となったばかりか、橘屋の主となったことによる。

道場については、前道場主である金五の妻千草も手伝ってくれるとはいえ、幼い子を抱えていては、なかなかままならない。

そして橘屋の方も、お登勢が実質采配を振るうことにはなっているが、十四郎は橋屋と道場を行ったり来たりと忙しい。

十四郎ばかりに多大な負担をかけてはと、お登勢が思い切って二人を調べ人の一員に育てようと言い出したのだ。

案ずることはなかった。七之助は目端の利く男で、藤七の供として先へ先へと、こまごまとしたことを整えてくれるのだった。

「番頭さん、十年前の別れ話の時には、こちらまで調べに来ていないんですね」

肩を並べて歩きながら、七之助は訊いた。

「そうだ、あの時は、亭主の喜兵衛さんがすぐに離縁承諾の判を押したからね。ここまで来る必要がなかったのだ」

藤七は事細かに当時の事情を説明し、

「このたびは、おきよさんが、別れたあの時から今まで、どのような暮らしをしていたのか摑むために、どうしても実家を訪ねなくてはいけないのだ」

ちらと七之助の横顔を見た。七之助は真剣な表情で頷いている。

「あっ、むこうに川が見えてきました」

七之助が立ち止まって、遠くを指さした。

大きな川が、滔々と流れるのが見えている。

紀州屋の番頭治助の話では、おきよの実家は、宿場の北側を流れる浅川(あさかわ)の手前に大きな榎(えのき)が繁る小さな神社があるが、そのすぐ側にある筈だという。

両親は養蚕を生業(なりわい)にしていたというので、藤七たちは紀州屋から聞いていたその場所に急いだ。確かに小さな神社も榎もあったが、

「……」

辺り一面は桑畑になっていた。

藤七と七之助は、家の跡形もないその場所を見て立ちすくんだ。

「もし、お尋ねしますが……」

背中に小枝を背負った百姓を呼び止めて訊いてみると、おきよの父親は早くに亡くなっていて、母親が養蚕農家の手伝いなどをして、おきよを育てたのだという。

「すると、おきよさんの家がお蚕(かいこ)を飼っていたのではないんですね」

藤七が訊くと、

「はい、畑は持っていませんでしたから、雇われで暮らしていました」

と話す。

藤七と七之助は顔を見合わせた。

「すると、十年前におきよさんは、ここに帰ってきてはいないのでしょうか」

七之助が訊いた。

「帰ってきていました。小さい子を連れて、大変だな、気の毒だなと見ていたんでさ。そして、おっかさんと三人でしばらく暮らしていたんです。ところがまもなくおっかさんが亡くなって、おきよちゃんはまた村を出ていきやした」

百姓は気の毒そうに言った。

「もう戻ってくる気持ちはないんですかね。家は跡形もない」

七之助が桑畑を見渡すと、

「家も土地も、おっかさんがお蚕の手伝いに通っていた地主さんのものだったから。それに建ててからもう古かったからね、おきよちゃんが住まないのならってんで畑にしちまったんだと思いますよ」

背中の荷物をすり上げながら百姓は教えてくれた。

藤七と七之助は、おきよの母親が手伝いをしていたという地主で大百姓の家に行ってみたが、おきよの行方は分からなかった。

ただ、そこのおかみさんから、おきよの幼なじみでおのぶという女が宿の機屋（はた）で布を織っていると聞いたので、そこに立ち寄ってみた。

おのぶは他の五人の女たちと、紬縞(つむぎしま)を織っていた。おのぶが織っている着尺(きじゃく)は、上品な深い色合いの紺青(こんじょう)色や葡萄(えび)色の縞にすっと流れるように細い山吹(やまぶき)色の縞がさりげなく入っている。

男の藤七や七之助でも、はっとするような美しい紬だった。

「こんなに美しい紬も珍しい、私は初めて見ました」

おのぶの手元を覗いて藤七がそう言うと、おのぶは手を止め、にこりと笑って、

「ありがとうございます」

顔を上げて礼を言った。

すると、すぐ横で機を織っていた女が言った。

「旦那さん、おのぶさんの紬は、この辺りじゃ有名なんですよ。おのぶ紬と言われて、今では市(いち)の立つ日には取り合いなんですから」

「ほう……」

目を細めた藤七に、おのぶは何の用かと訊いた。

「ちょっと伺いたいことがあってね……」

おきよのことを尋ねると、

「ここで一緒に紬を織って暮らすように勧めたんだけど、だいぶ前に出ていった

んですよ。それ以来、こちらには帰ってきていません」

おのぶは顔を曇らせた。

「連絡もないのかね」

藤七が重ねて訊くと、

「一度だけ文をもらいました。ここを出てから半年ぐらいあとだったと思いますが……私、その文をなくしてしまったんです」

宿場の半分を焼いた大火事があり、おのぶたちの機屋は難を逃れたものの、逃げ惑ううちになくしてしまったのだと言う。

「江戸の、どこに暮らしているのか、文に書いてあった所は覚えているかね」

重ねて訊くと、

「確か、深川の今川町だったかと……働き口も見つかりそうだと書いてあったんですが」

藤七と七之助は、思わず声を上げそうになった。深川の今川町なら三ツ屋も近くにある。

「でも、覚えているのはそこまでです」

おのぶは言い、おきよに会ったら心配していると伝えて下さい、そう言って頭を下げた。

四

「ああ、暑いわね、暦の上では、もうとっくに秋だっていうのに……」

柳庵はせわしなく扇子で首元や袖口に風を送りながら、お登勢の部屋に入ってきた。

お登勢は油紙を広げて、そこで桔梗やおみなえしを花入れに挿していたが、

「あら、柳庵先生、いらしてたんですね。万寿院様もおかわりなくお過ごしのご様子だったでしょ」

手を止めて、柳庵に座を勧めた。

柳庵は近頃三日に一度は、慶光寺にやってきて、万寿院の健康に目を光らせている。

浴恩園の楽翁が、自身が風邪をこじらせて難儀したことから、万寿院の健康を案じ、柳庵に定期的に脈を診るようお登勢を通じて命じているからだ。

「十四郎様は？」

柳庵は、せわしなく扇子を使いながらあたりを見回す。

「昨日は道場でしたから、もうこちらに帰ってくると思いますよ」

「そう……十四郎様が何か私に訊きたいことがあるって寺務所の人から聞いたんだけど……あっ、お民ちゃん、ありがと」

柳庵は、お茶を運んできたお民ににこりとすると、

「なにかしら、話って……」

そのお茶を一口飲んだ。

「美味しい麦湯だこと」

残りを飲もうとしたその時、藤七、それに十四郎も入ってきた。

「十四郎様、まだ新婚だっていうのにごくろうさまなことですね」

柳庵はにやりと笑って、

「そうか、ここ二、三年のうちにはお子が欲しい。それで何か妙薬がないのかと、そういう話かしら？」

いたずらっぽく十四郎の顔を覗く。

「からかうのもいい加減にしろ。他でもない、紀州屋のことだ。柳庵先生は紀州屋が襲われたところに出くわして、治療をしたらしいじゃないか」

「そうなのよ」

　柳庵は急に恐ろしげな顔を作ると、

「あたしは松波様には話しておきましたけどね、紀州屋さんは命を狙われていたんじゃないかしらって。よくあれぐらいの怪我ですんだわよ」

「その話を詳しく話してくれないか。今、紀州屋のことで調べていることがあるのだ」

「ああ、そういうことだったのね、残念。分かりました、お話しします。もう六日前になるんだけど、あたし、昔役者修業をしていた頃の仲間と日本橋で飲んでたんですよ。今じゃみんな役者は諦めて、陰茶屋で芸を披露したり、商人になったりといろいろなんだけど、年に一、二回は集まっているんですよ。それでね、お開きになって帰ろうとしたら、駕籠はないってお店の者に言われちゃったの。みんなは歩いて帰ったけど、あたしは駕籠に乗りたいと思ってね、じゃあ仕方がないから江戸橋まで出るかって思ってさ。江戸橋の橋袂に一軒駕籠屋があるでしょ。そこで駕籠を頼もうと思ったわけ。で、月夜の中を橋近くまで歩いた時に、普請中の家があって材木がたくさん立てかけてあるのが見えてきたの。白木の肌は美しいもんだな、なんて眺めたその時、人の影を見たんです。それが紀州屋さんだったんだけど、ああ、あの人も駕籠を探してるのかと思っていたら……」

紀州屋が立てかけた材木の所に差し掛かったその時、紀州屋の背後から手ぬぐいで顔を覆った男が躍り出てきたのだ。

「あっ」

声を出した時には、手ぬぐいで顔を覆った男は、紀州屋に背後から木刀を振り下ろしていた。

「だ、誰か！」

柳庵は叫んだ。すると同時に、立てかけてあった材木が紀州屋めがけてなだれ落ちた。

手ぬぐいの男は、柳庵の声に驚いて、慌てて路地の闇の中に走り去ったのだ。

「しっかりして、人を呼んできます」

柳庵は材木の下になっている紀州屋に声をかけてから、近くの番屋に走った。

そして小者たちと材木を退け、下敷きになっていた紀州屋を引っ張りだし、治療もしたのだという。

「生きていたのが不思議なくらい、あたしもほんと、びっくりしちゃって……」

「その、襲った男だが、何か、なんでもいいんだが覚えていないか」

十四郎が訊く。

「咄嗟のこと、一瞬のことだったから……」

柳庵は首を捻って、

「若い男ってのは分かったわね」

思い出しながら言う。

「若い男……他には？」

十四郎にさらに訊かれて、柳庵は畳んだ扇子で頭をこんこん打ちながら、

「そうだ、痩せていたわね。背が高く……そうそう、着ている物は、あれは絹物ね。月の光に照らされて艶があったもの。綿の着物じゃあ、あんな艶は出ないもの。いいとこの若旦那かもしれないわね。ごめんなさい、覚えているのはそれぐらいかしら」

そう言って柳庵は科を作る。

「いや、大いに参考になった。事件かどうかはまだ分からぬが、紀州屋は今、心配事がいろいろあってな」

十四郎がそう言った時、おたかが顔を出して告げた。

「旦那様、紀州屋のおみなさんて女中さんがみえてます。お話ししたいことがあ

るとおっしゃっています。上がっていただくように言ったのですが、お使いの途中だからと玄関でお待ちです」

「女中のおみな……」

十四郎は立ち上がって玄関に出た。

藤七も十四郎のあとに続いて玄関に出た。

「これは、主殿に何かあったのかな」

玄関にいたのは、臥せっている紀州屋の世話をしていたあの女中だった。女中は風呂敷包みを抱えていた。

「いえ、旦那様に格別のことはございません。私が今日お訪ねしたのは、おきよさんのことでお話ししたいことがございまして」

と言うのだ。

「何……」

十四郎は、おみなに上がり框に腰を据えるよう促した。

おみなは遠慮がちに座った。そして膝の上に風呂敷包みを載せ、その上に両手を重ねると、

「私、八年前におきよさんに会っています」

真剣な顔を向けた。

十四郎は頷いた。藤七と七之助が八王子まで足を延ばしたお陰で、おきよが江戸に向かったらしいというところまでは摑んでいる。

「で、どこで会ったのだね」

十四郎の問いに、おみなは深川の今川町だったと告げた。

「今川町……」

藤七が頷く。

今川町の名が出てきたのは、これで二度目。八王子の幼なじみのおのぶから藤七が聞いている。

「今川町のどのあたりだね」

十四郎が訊いた。

「辻堂があるのですが、その前です。偶然会ったのですが、見る影もなく痩せていて、ぼんやり石の上に座って、ぼっちゃまが石蹴りをするのを見守っていました。私、最初は人違いかと思ったほどです。でも、髪に挿している櫛を見て、ああ、おきよさんだと分かりました。それぐらいみすぼらしい有様で……」

「櫛か……どんな櫛だね」

藤七が訊く。

「柘植の櫛です。柘植といっても、そんじょそこらにある品ではありません。透かし彫りの櫛なんです。旦那様が知り合いの櫛師に特別に頼んで作らせた物ですから、私たち女中も見せていただきましたが、艶があって、ほんとうに美しい櫛でした。どこの誰も持っていない素晴らしい櫛ですから一度見れば忘れません」

おみなの説明では、菊や桔梗などの秋の花を透かし彫りしていて、おきよは紀州屋にいる時も、常にその櫛を挿していたのだという。

「吉次郎ぼっちゃまも随分大きくなられて。おきよさんの目の届くところで遊んでいましたが、遊び相手もなくお一人で石を蹴っている姿は、ほんとうにかわいそうで……」

おみなは話しながら涙ぐみ、

「私はおきよさんに声をかけました。するとびっくりした様子で、ここで私に会ったことは、紀州屋の皆さんには絶対言わないでほしいとおっしゃって……。私も実は離縁経験者です。ですから、おきよさんの気持ちもよく分かりますから……落ちぶれた姿なんて知られたくありませんもの。ただ、その時の様子では、暮らしに困っているのじゃないかと思いました。旦那様にお話しすれば当座のお金は出して下さるのにと思いましたが……」

　おきよはその提案を断ったという。

　十四郎は頷いた。藤七の話では、離縁が決まった時、喜兵衛は母親には内緒で三十両の金をおきよに手渡しているらしいが、その金がいつまでもある筈はない。おきよが実家に帰って暮らした日々では、母親が病に倒れ、その治療代に苦労したに違いないのだ。

　おみなが今川町でおきよの姿を見た時には、もうそんな金は使い果たしたあとだったに違いない。

「おきよさんは、旦那様に頼るなどすれば、ご隠居さんの耳にも入るかもしれない。きっとそれを恐れたんだと思います。だから私もご隠居さんが亡くなるまで、おきよさんの名を口にしたことはございませんでした。でも今思うと、旦那様にお伝えすればよかったかと……」

　おみなは苦しげな顔で言った。

「その後、会うことはなかったのだな」

　十四郎の問いに、おみなは力なく頷いた。

　おみなは、おきよのことを紀州屋の者に話すことはなかったが、気になって何回か深川の今川町に足を運んでみたという。

だが、二度とおきよ親子の姿を見ることはなかったと言った。

「今更お話ししても、お役には立たないかと思いましたが……」

おみなは言った。

「いや、大いに参考になった。今後も何かあれば知らせてほしい」

十四郎の言葉に、おみなはほっとした顔で帰っていった。


十四郎は、諏訪町に戻るために橘屋を出た。だがすぐに踵を返して北町奉行所に向かった。吟味方与力の松波孫一郎（まごいちろう）に会うためだ。

「私も一度橘屋に行こうと思っていたところだった」

松波はそう言うと、近くの蕎麦屋に十四郎を誘った。

十四郎は歩きながら、紀州屋が襲われたことを柳庵から聞いている筈だが、何か下手人について分かったのかどうかを松波に尋ねた。

「いや、まだ分かっていません。だが、そのうち分かると思っています。紀州屋では跡取りのことで揉めているらしいのです」

松波は言った。

「そのことですが、うちも今、紀州屋に頼まれて、別れた妻と倅を捜していると
ころなんです」
　十四郎が告げると、松波は頷いてから、
「亡くなったご隠居のおきたは、自分の弟の倅を跡取りにするよう言い残して亡
くなったようです。弟には二人息子がいるようだから、一人を養子に迎えてとい
うことらしい。だが喜兵衛は、これをよしとしていないようです。十四郎殿が捜
している別れた女房の倅に継がせたいと考えているからでしょう。私は、紀州屋
が襲われたのは、そのことが原因じゃないかと考えていますな」
「ふむ、醬油問屋組合の内紛ではない、松波さんもそう思っているのですな」
　十四郎は言い、松波のあとに続いて蕎麦屋の暖簾をくぐった。
「ここの酒は旨いんです。地回り酒だがキレがいい。辛口です」
　松波は十四郎に座を勧めると、蕎麦は頼まずに酒をまず頼んだ。
　すぐに酒は運ばれてきた。松波は十四郎と自分の盃に酒を注ぎながら言った。
「先ほどの話ですが、私は橋屋に出向こうかと思っていたところだったのです。
紀州屋が橋屋に先妻捜しを頼んだと聞いていましたから」
「その先妻捜しですが、なかなか難しい。今手を尽くしているのですが、分かっ

ているのは八年前のことだけです」

十四郎は、これまでの調べで分かったことを話した。

するとと松波は、何か思い当たった顔で、

「その、別れたお内儀の櫛のことですが、秋の花の透かし彫りというのは本当ですか」

飲もうとして取り上げた盃を持つ手を止めて訊く。

「紀州屋の女中が教えてくれたのです、櫛がどうかしたのですか」

十四郎が訊き返すと、

「いや、この話は今川町ではなく海辺大工町での話だが、昨日番屋に投げ文をした女がいるのです。小船町の醤油問屋紀州屋を狙っている押し込み一味がいる。近々狙われるかもしれないと……」

「何……」

十四郎は驚いて松波の顔を見た。松波は頷いて、

「ところがその女を見た者がいた。番屋で書役をやっている者の女房で、昼の弁当を届けに来て、投げ込むところを偶然実見したという訳です。その女房殿の話では、投げ文をした女の櫛が見事な細工だったと」

「どのような細工だったのか、覚えていたのですか」

　十四郎は驚いて訊き返す。

「女房の話では、透かし彫りの美しい柘植の櫛だったと言っていました。模様の詳細までは分からないと言っているが、女はそういうところの観察は鋭いですからね。着物の生地柄はむろんのこと、櫛や簪、白粉に紅まで見逃しませんから」

　十四郎は頷いて呟いた。

「海辺大工町か……」

　投げ文はおそらく海辺大工町に住む者に違いないと番屋の者は見ているのだという。

　しかし不思議なのは、投げ文をした女が海辺大工町の住人だとしたら、何故その女は、遠く離れた小船町の紀州屋を案じているのだろうか。

　しかもその女が、珍しい見事な櫛を挿していたとなると、そこに浮かび上がってくるのは、おきよの名だ。

　もし、おきよだとしたら、何故だ、何故押し込みのことなど知っているのかという疑問が湧いてくる。

　思案の顔で飲む十四郎に、松波は言った。

「いたずらとも思えないんだが、押し込みの日が書いてないのです。今のところは紀州屋には告げずに、交代で紀州屋の周辺を見張るよう指示は出しました……ただ、今櫛の話を聞いて不審に思ったのですが、まさかおきよが投げ文をしたのではあるまいな、と」

「まさかとは思うが、松波さん、その投げ文を見せてもらう訳にはいきませんか」

十四郎の目が光る。

「そう言うだろうと思っていました」

松波は懐から一枚の紙を取り出した。

五

「おきよが、見つかったのですか」

喜兵衛はおみなの手を借りて体を起こすと、期待に血をのぼらせた顔で十四郎に尋ねた。

まだ添え木をして包帯を巻いているが、前回訪れた時に比べると格段の回復をしていることは明らかだった。

　おみなも傍で、聞き漏らすまいと聞き耳を立てている。

「いや、まだはっきりしたことではないが、少し気になる話を摑んでいる」

「どのような話ですか」

　喜兵衛はせっついたが、十四郎は言葉を濁した。

　紀州屋に押し込みの警告を知らせる投げ文をした女が、おきよかもしれない。

その確認のためにやってきたなどと言える筈もない。

　それは、はっきりとした時点で知らせれば良いことで、今は喜兵衛に余計な心配を掛ける時ではないと思っている。

「それで二つ、頼みたいことがあって参ったのだ」

　十四郎は釈然としていない喜兵衛に言った。

「まずひとつは、おきよさんが書いたものがあれば見せてもらいたい。筆跡をみるためだ。もうひとつは、おきよさんが大切にしていたという柘植の櫛だが、どのような模様だったのか、彫った図柄などあれば預からせてもらいたい」

「お安い御用です。おみな、手文庫を持ってきてくれ」

　喜兵衛が即座におみなに命じた。

おみなはすぐに立っていって手文庫を手に戻ってきた。

黒漆(くろうるし)の上に沈金(ちんきん)で、五葉松(ごようまつ)が悠然と枝を広げている絵が描かれた見事な手文庫だった。

喜兵衛は蓋を開けて、一通の文と、櫛の彫り師が前もって提示してきたという彫り図三枚を十四郎の前に置いた。

「この文は、おきよが別れる時に渡してくれたものです。それと、櫛の透かし彫りですが、この三枚のうち、おきよが選んだのが、こちらの菊や桔梗の花の透かし彫りの図柄でした。彫り師はこの彫り図通りに彫ってくれましたから、おきよが今持っているとすれば、これとまったく同じです」

喜兵衛は十四郎の前に文と秋の花の彫り図を置いた。

十四郎はまず文を取り上げた。文といっても三行ほどの文章だが、少し丸みを帯びた優しい筆跡で、

このたびは過分な金子を下さいましてありがとうございます。

吉次郎はきっと立派に育てます。紀州屋の繁盛と皆様の幸せを祈っております。

きよ

装飾を省き、感情を押し殺した短い言葉が並べられていた。不本意に別れなければならなかったおきよの無念が、十四郎には窺えた。

そしてその筆跡は、松波に見せてもらった、あの投げ文とそっくりだった。

「……」

喜兵衛に表情の変化を悟られるのではないかと、一瞬十四郎はひやりとしたが、喜兵衛は気づいてはいないようだった。

また櫛の彫り図は、男の十四郎が見ても、このように仕上がれば精緻で手の込んだ素晴らしい作品になるというのは察せられた。

「紀州屋、この二つを預からせてもらってもいいかな」

十四郎は訊く。

「どうぞ、おきよ親子を見つけるためなら、この紀州屋、できることなら何でも致します」

喜兵衛がそう言った時、店の方で番頭とやり合う年配の女の声が聞こえてきた。

番頭は必死で女を引き留めているようだったが、

「いいから、上がらせてもらいますよ」

女は勝手に家の中に上がったようだ。

喜兵衛の顔が突然曇った。

間を置かずして遠慮のない足音が近づいてきて、初老の女と若い男がずかずかと部屋の中に入ってきた。

「おばさん、困りますよ、勝手に入ってきては……いったいなんですか」

喜兵衛は諫める声で言った。

だが、おばさんと呼ばれた女はお構いなしに喜兵衛の側に座ると、

「怪我をしたというのは本当だったんですね。一人でしゃかりきになっているとね、こういうこともあるのよね。だから喜兵衛さん、早くこの子を紀州屋の養子に迎えていただいて、そうすればお仕事も少し楽になりますよ。あなたにとっては年の離れたいとこなんですもの、なんてったってあんたのおっかさまの弟の倅ですよ、世之介は……」

と有無を言わさずそこまでしゃべると、おばさんは連れてきた若い男に、何か言葉を掛けるように目配せをした。すると若い男は、

「心配していたんですが、大事なくて良かったです」

なんとも感情のこもらぬ白々しい声音である。

喜兵衛は顔を背けた。そして側で呆気にとられて見守っている十四郎の前で、喜兵衛とおばさんのやりとりは続く。

「おばさん、その話ですが、まだ私は養子を迎える決心がつきません。それは話した筈ですが……」

じろりと、世之介の顔を見る。

「喜兵衛さん、亡くなったおっかさまに逆らうのですか。あんたのおっかさまは死ぬ間際に、紀州屋は弟の倅に、この世之介に継がせるようにと言った筈ですよ」

おばさんは険しい顔で喜兵衛ににじり寄った。

どうやらこのおばさんというのは、亡くなったご隠居の弟の女房で、連れてきた男は倅の世之介ということか、と十四郎は思った。

世之介はいかにもぼんぼん育ちと感じられるふやけた男で、てらてらと艶のある上質の絹の着物を着て、母親と喜兵衛のなりゆきをにやにやして見ているのだ。

「おばさん、ちょうどいい。今日ははっきり私も言わせてもらいます。おばさんもご存じだと思いますが、私にはおきよとの間に倅がおります。吉次郎です。吉次郎が見つかれば、その子にここを継がせたい、そう考えているのです」

喜兵衛はきっぱりと言い、傍らの十四郎を紹介した。

「おきよ親子を捜してもらっている御用宿橘屋の方です。万が一、吉次郎が見つからなかったその時に、もう一度跡取りのことは考えたい」

「き、喜兵衛さん、私はあんたのおっかさまと約束しているんだよ」

「おばさん、この店は私の店です」

ぴしゃりとおばさんに言って黙らせ、

「それにしても世之介、お前さんは少しは商いのことが分かるのかね。お前のその態度を見ていると、いかにも心許(こころもと)ない。仮に吉次郎が見つからなかったとしても、私はやる気のない者に店を譲ろうとは思わんのだ」

その言葉に、世之介は怒りも露(あらわ)に立ち上がり、

「おっかさん、帰ろう！」

さっさと部屋を出ていった。

「待ちなさい、世之介！」

おばさんもあとを追って部屋を出ていく。

「お恥ずかしいところをおみせしました」

喜兵衛は苦笑した。

「ご覧の通りの有様です。橘屋さんには一刻も早く、おきよの居場所を突き止めていただきたいのでございます。早くこんな体たらくに決着をつけたい、そればかり考えております」

喜兵衛の顔には強い決意のようなものが見えた。

その日のうちに十四郎とお登勢は、藤七、七之助、そして鶴吉を座敷に集めた。そして、押し込みを知らせる投げ文の筆跡がおきよの手によるものらしいこと、さらに櫛のことも彫り図を見せて説明し、

「おきよさんが海辺大工町に住んでいるのは間違いないと思います。今日から手分けして、一軒一軒抜かりのないように気をつけて当たってみて下さい。長屋も残らず当たること。同じ名前の人もいるやもしれませんが、その時には、この櫛を挿しているかどうかで見定めて下さい」

お登勢は言った。

十四郎は念のために今川町や近隣の町の番屋に出向き、訳を話して人別帳を見せてもらえないか頼んでみることになった。

とにかく橘屋総出で、おきよを捜すことになったのだった。

だが、その後三日を費やして奔走してみたが、おきよの消息は摑めなかった。

それどころか、また海辺大工町の番屋に二度目の投げ文があったと知らせが来た。

ちょうどみんな出払っていたところで、お登勢が番屋に向かった。

橋屋の内儀でお登勢だと告げると、座敷で書役と話し込んでいた同心と岡っ引が出てきた。

同心は北町の日下部(くさかべ)だと名乗り、手下の岡っ引は平助(へいすけ)だと名乗った。

「投げ文があったのは今朝早くのようです。与力の松波様から橋屋に知らせるようにと命じられておりましたので」

と日下部は言う。

「また女の人だったのでしょうか」

お登勢は訊いた。

「いや、このたびは誰も見ていない。ただ、見てもらえれば分かりますが、筆跡は前と同じです。同一人物の仕業に違いありません」

日下部は、お登勢の前に投げ文を置いた。文には、

押し込みは三日後、岡っ引の力蔵は盗賊の仲間か
とあった。

確かに筆跡は十四郎が紀州屋から預かってきた、あの文と同じだった。

「……」

お登勢は驚いて見詰めた。

——この文は、役人の手下が盗賊の仲間だと知らせてきている。

仮にこの文がおきよさんの物だとして、いったいおきよさんは、今どこで、どんな暮らしをしているのか。

お登勢の胸に、不安と疑念が広がっていく。

顔を強張らせたお登勢に、日下部は言った。

「岡っ引の力蔵という者は北町の同心の手下にはいない。それはもう調べてある。そこでいま、南町にはどうかと調べてもらっているところだ。今日のうちには分かると思うが……」

お登勢は、重たい気分で番屋を後にした。

——一刻も早く、この文の主に会わなければならない。

だが、これだけ手を尽くして捜しても分からないということは、おきよさんは海辺大工町に住んではいないのかもしれない。

黙然として引き返してきたお登勢は、聞き慣れた声に気づいて足を止めた。

――万吉の声だ……。

万吉は諏訪町の道場に使いに出した筈だった。もうそろそろ橘屋に帰ってくる刻限の筈だが……と辺りを見渡すと、海辺大工町とむこう岸の常盤町（ときわちょう）一丁目とに架かっている高橋（たかばし）の袂の土手で、お登勢の知らない少年と肩を並べて座っているのが見えた。

――また、道草をして。

お登勢は近づいて、

「万吉！」

声を掛けた。

「あっ、お登勢様」

万吉は、びっくりした顔で振り返ると、立ち上がって近づいてきた。

「ごめんなさい。お使いの帰りなんですが、友達にばったり会って……。明日から奉公に出るんです。それでおいらに会いに橘屋に来るつもりだったんです。

ちょうどそこで会ったものですから、いろいろと教えてやっていたんです。奉公人はどんなことに気をつけなきゃならないかって」

万吉は、後ろにいる少年を振り返った。

お登勢は笑った。万吉はそんなことを考えていたのかと可笑しかった。

友達だという少年も立ち上がって近づいてきた。そしてお登勢にぺこりと頭を下げて、

「はじめまして、吉次郎といいます」

行儀良く挨拶をした。

「吉次郎さん……！」

その名を聞いて驚かない筈はない。吉次郎とは、おきよの倅の名前と同じである。

「お登勢様、この間しじみをたくさん買って帰ったことがあったでしょう。この子から買ったしじみだったんです」

万吉が嬉しそうに告げる。

「たくさん買っていただきました。ありがとうございます」

吉次郎は頭を下げた。黒目のくりくりした利発そうな子だとお登勢は思った。

するとと万吉が兄貴面して吉次郎に言う。

「吉次郎さん、こちらはおいらが奉公している橘屋のご主人様だ。話したろう？……橘屋の美しい女将様の話、旦那様は剣術が強くって誰にも負けない。諏訪町に道場も持っていらっしゃる……」

万吉は得意満面でお登勢を紹介し、お登勢には、

「吉次郎さんはとてもおっかさん思いなんだ。だから、おっかさんの言う通り奉公に行くんだって」

友達を熱を入れて紹介する。

「吉次郎さんて言ったわね、おとっつぁんは？」

お登勢は訊く。

「いません。おいらが小さい時に亡くなりました」

吉次郎は寂しそうに言い、

「だから、おいらが頑張らなきゃって思っています。おっかさんは女手ひとつでおいらを育ててくれたんです。早く大人になって、おっかさんに楽をさせてやりたいんだ」

きらきらとした目で吉次郎は言う。

「偉いわね……。それで、明日からどこに奉公に行くのかしら」

　お登勢は、微笑んで尋ねた。

「呉服問屋です。おいらは呉服問屋で修業して、八王子織物を商って、もっと有名な織物にしたいんだ。そしたらおっかさんも喜んでくれるから」

　吉次郎は胸を張る。

「八王子織物……」

　まさかと驚くお登勢に、

「八王子は、おっかさんの故郷なんだって」

　側から万吉が言った。

「おっかさんの故郷……吉次郎さん、あなたのおっかさんの名は……まさか、おきよさんではないでしょうね？」

　お登勢の問いに、吉次郎はぎくっとなって、

「おきよだけど……」

　呟くように言ったが、次の瞬間、さっと顔を強張らせた。言ってはいけないことを口走ってしまった、そんな顔だった。

「どこに住んでいるの……海辺大工町ではないのかしら」

「……」

吉次郎は黙った。その目は警戒心に満ちている。

すると万吉が、

「大丈夫だよ、お登勢様は弱い人の味方だぜ。何人も人を救ってきているんだから、安心しろよ」

吉次郎にそう言ってから、

「吉次郎さんのおっかさんは、近頃怖いおじさんに脅されているらしいんだ。だから、どこに住んでるか誰にも教えちゃ駄目だって、言われているんだって」

万吉は言う。

お登勢は吉次郎の前に腰を落とすと、吉次郎の顔をまっすぐ見て言った。

「吉次郎さん、おばさんはおっかさんに会いたくて、ずっと捜していたんです。けっして悪いようにはしないから、どこに住んでいるのか教えてくれないかしら」

すると吉次郎は、真剣な顔でお登勢に言った。

「いいけど、おっかさんをいじめないって約束してくれるかい」

お登勢は吉次郎の肩に手を置いて頷いた。

六

お登勢はおきよ親子の住まいを吉次郎から聞き出すと、万吉には吉次郎を誘って橘屋に帰り、お民にお茶菓子など出してもらって、別れを惜しむよう勧めた。そして十四郎が戻ってきたら、おきよの住まいに向かったと告げるよう言いつけた。

おきよの住まいに自分一人で向かったのは、話の仔細を子供に聞かせたくなかったからだ。

おきよの住まいは、高橋の目と鼻の先だった。小名木川の北側にある武家地で、三百坪ほどの御家人の家がそれだった。

近頃のお侍では、上様からあてがわれた屋敷の交換をするのがはやっている。たとえば身分相応の屋敷に住むことよりも、なにがしかの金が一文でも多くほしい武家がいたとする。一方で金の余裕はあるが、もう少し広い敷地の屋敷に住みたいと思う武家がいる。

そういう情報は、どこからともなく入ってくるもので、二人で話し合って家屋敷を交換するのだが、広い家屋敷を望んだ武家が、その差額を払う訳だから、金の欲しい武家にとってもありがたい話である。

また下級旗本や御家人などは、使っていない離れや敷地内に建てた長屋などに町人や医者を住まわせて、その家賃を暮らしの足しにしている者も多い。

江戸もこの時代の武家の台所は、物価は上がるが収入はずっと据え置きのためきつく、暮らしに困っていた武家は大変多かった。

おきよが住んでいるのは、まさにそういった御家人の屋敷内での間借りというところだろうか。

門を叩いて来訪を告げると、年老いた下男が箒（ほうき）を持って出てきて、おきよは屋敷地に建てられた奉公人用の長屋に暮らしているという。下男の自分の隣の長屋だと教えてくれた。

屋敷には木々が多く門からは見えなかったが、言われた通りぐるりと屋敷を回ってみると、その長屋はあった。

一階建ての、あの町屋の裏店と同じ九尺二間（くしやくにけん）の長屋だった。

「おきよさんのお住まいですね。橘屋でございます」

戸を開けて訪（おとな）いを入れると、

「橘屋さん……？」

奥から出てきた女は驚いた顔で聞き返した。

「橘屋の者でお登勢といいます。十年前、橘屋に駆け込んでいらした、おきよさんですね」

お登勢は、念を押した。

「はい」

女は怪訝な表情を見せながらも、自分をおきよと認めて頭を下げた。その髷には櫛師の彫り図で見た見事な櫛が挿してある。

間違いなく目の前にいる人は、紀州屋喜兵衛が捜してくれと言ったおきよだった。

「何故ここが分かったのか不審なのですね。実は紀州屋さんから、あなた方母子を捜してほしいと依頼がございまして、それでずっと捜していたんですよ」

お登勢は言った。

「私を捜してほしいって、旦那様が……」

おきよは、怯えた顔になった。

「息子さんの吉次郎さんに会いたいとおっしゃっているんです」

「吉次郎に……あの子は、紀州屋のことなど何も知らないのです」

　おきよは慌てた。

「ええ、それは吉次郎さんから聞きました。きっとあなたがそうして育てたのだと思いましたから、吉次郎さんには父親が紀州屋さんだなんてことは教えてはいませんから安心して下さい」

「……」

　おきよは驚いた様子である。

　お登勢は、吉次郎と仲の良い友達の万吉は橘屋の小僧なのだと告げ、二人が話し込んでいるところに偶然出合い、それでこの住処を教えてもらったのだと言った。

　おきよは万吉のことは聞いていたらしい。住処が知れたのも納得したようだが、

「でもなぜ今頃、旦那様は私たちを捜しているのでしょうか。紀州屋とは、とっくに縁が切れております。何の関係もございません」

　おきよは言う。

「おきよさん。お姑さんも亡くなり、先妻のお子の扇太郎さんもお亡くなりになったのですよ」

お登勢の言葉に、おきよは一瞬絶句した。

「それで喜兵衛さんは、吉次郎さんに紀州屋を継がせたいと考えて、橘屋にあなたを捜して欲しいと依頼してきたんです」

「ありがたいことですが、紀州屋にはご親戚もあります。私たち親子が出張るところではございません」

おきよは言う。

「喜兵衛さんは大怪我なさって、それで早く決めておきたいと思われたんです」

「怪我を……」

おきよの顔に不安が走る。

「その怪我も、どうやら誰かから命を狙われたようですから……」

「………」

「それでもあなたは、紀州屋さんの気持ちを受け入れることはできないとおっしゃるのでしょうか」

「………」

おきよは視線を落とした。お登勢は話を続けた。

「先ほど吉次郎さんから話を聞きましたが、これから呉服屋に奉公に出るそうですね。奉公に出て、商人の修業をして、そしておっかさんの故郷で織られている八王子の織物を広めるのだと言っていました。苦労して育ててくれたおっかさんを楽にしてやりたいと……」

おきよの顔がにわかに歪む。

「私には子供がいませんが、子供っていいなって、吉次郎さんを見て思いました」

「……」

「健気じゃありませんか。おっかさんを助けたい、おっかさんを喜ばせたい、その一心で奉公に行くなんて」

「あの子がそんなことを……ちっとも知りませんでした」

おきよは小さな声で言った。

「おきよさん、あの年頃で奉公に行くのは珍しいことじゃありません。だけどもそれは、奉公に行くしか術のない者たちの話です。吉次郎さんの場合は、父親に名乗りをあげれば、余所に奉公に行かなくてもいいのです。父親が営んでるお店があるじゃありませんか。仮に修業のために奉公に行くとしても、同じ醬油問屋でしょう、でなければならない筈。吉次郎さんには紀州屋を継ぐ権利があるんです。もちろん、父親に拒絶されているのなら話は別ですが、そうじゃないんです。環境はととのっているんです。それなのにおきよさん、あなたは自分の意地を貫くために、吉次郎さんを紀州屋さんに会わせないつもりなんですか」

「意地だなんて……」

おきよは顔を上げた。

「私には分かりますよ。酷い仕打ちを受けたあなたが、離縁を考えた、それは納得します。私だってそうしたかもしれません。でも、そう決めた時のあなたの心の中には、自分を馬鹿にして虐めてきた姑への意地があった筈です。意地がなければ、離縁なんて自分から言い出せませんもの……」

「……」

「姑に対する意地があなたを離縁に走らせた。でも、あなたの心の中には、ずっと喜兵衛さんが住んでいた。喜兵衛さんに心を残したまま、別れたのです」

「……」

「その証拠が、その透かし彫りの櫛です」

お登勢は、おきよの髷の櫛を見た。おきよは反射的にその櫛に手を遣った。

「おきよさん、実は喜兵衛さんもあなたのことをずっと思って、再縁はしていないのですよ」

はっとおきよがお登勢を見た。一瞬だったがその顔に、切ないものが走り抜けた。だがまたすぐに、おきよは俯いた。狼狽しているようにお登勢の目には見えた。

「お姑さんも亡くなったのです。昔のことは忘れて、紀州屋さんと会ってみてはいかがですか」

「会えません。今更会えません」

おきよは強い口調でそう叫ぶと、泣き崩れた。

お登勢はおきよが落ち着くのをじっと待った。静かに見守っていると、まもなく十四郎が現れた。

お登勢は無言で十四郎に頷いた。

おきよが涙を拭き、膝を直した頃合を見て、お登勢は十四郎を紹介した。十四郎はそれを受けて、おきよに言った。

「おきよさん、俺たちはそなたの味方だ。信用してもらっていい。その上でいろいろとお登勢も尋ねているのだ。そなたたち親子を守りたいと思ってのことなのだ」

すると、おきよはこっくりと頷いて、

「橘屋さんが信用できることは身をもって分かっています。ご恩も忘れてはおりません」

そう言ったのだ。

「先ほどの話ですが、おきよさん、あなたが紀州屋さんに会えないとおっしゃるのには訳があるのでしょ。あなたは、番屋に投げ文をした……」

お登勢の問いかけにおきよは、ぎょっとした顔でお登勢を見た。怯えた目をしている。

「投げ文には紀州屋が狙われていると書いてありました。筆跡も調べています。あなたですね」

お登勢はたたみかける。

「……」

だが、おきよは視線をそらして答えようとしない。

「いったいどういうことなんだ。紀州屋から依頼を受けて捜していたそなたが、紀州屋押し込みを知らせてくるとは想像もできぬことだった。いったい何がどうなっているのか話してくれ」

十四郎の言葉に、

「すみません」

おきよは大きく息をついてから、

「これには深い事情があるのです」

決心した顔を上げ、そして誰にも言えずに今日まで苦しんでいたと言い、おきよは語り始めた。

「十年前、私は橘屋さんのお力を借りて紀州屋喜兵衛と離縁しました。そして母のいる八王子に吉次郎を連れて帰りました。ですが、まもなく母が病み、母の世話に負われる日々を送りました。母にはたいした蓄えもなく、旦那様から頂いていたお金が、私たち三人の命綱でした。なんとか元気になってほしいと高麗人参を処方していただいたこともありますが、母は命を落としてしまいました……」

おきよは、淡々と語っていく。

「その母がいまわの際に言ったのです。ここにいたって貧しい暮らししかできない。吉次郎のためにはもう一度江戸に出て、しっかりと学問も身につけさせてやりなさい。それがお前の役目だと……」

田舎に帰ってわずか二年で、おきよはまた江戸に舞い戻ったのであった。

そして深川の今川町の裏店に入った。

残っていた金はわずかだったが、まず住む家を決め、それからどこかに働きに出ようと思っていた。だが、子供連れではなかなか考えていたような働き口は見つからない。

あっちで断られ、こっちで断られして、お金も心細くなり、吉次郎を連れて辻堂のところで呆然としていた時に、紀州屋の女中のおみなに会った。

おきよは必死に、今の落ちぶれた姿を紀州屋に話すのは止めて欲しいとおみなに懇願した。

おみなは承知してくれてほっとしたが、まもなく財布に銭数十文を数えた時、おきよは吉次郎と大川（おおかわ）に身を投げて死んでしまおうと決心をした。

吉次郎はこの時五歳になったばかり、その手を引いて大川に歩いていった。

頃は夕暮れ時だった。

永代橋までたどり着くと、橋の袂から下に降りた。水際ぎりぎりに立ち、じっと大川の流れを眺めていた時、幼い吉次郎が、

「おっかさん、帰ろう……おいら、いい子でいるよ、だから帰ろう」

そう言って、おきよの手を引っ張ったのだ。

おきよは、はっとして我に返った。

「ごめんよ吉次郎、おっかさんに甲斐性(かいしょう)がないばっかりに、おまえにご飯も満足に食べさせられないんだよ」

おきよは吉次郎の肩を抱いて言った。すると吉次郎は、

「おいらはお腹なんてすかないよ、帰ろう、帰りたいよう」

と泣き出したのだ。

「吉次郎……」

おきよも、吉次郎を抱いて泣いた。

——吉次郎は分かっている。ここで死のうとしていることを……。

迷い始めたおきよの腕の中で、吉次郎の柔らかくて温かい幼い体が震えている。

——こんなにいたいけな子の命を奪っていい筈がない。

愛おしさが波のように押し寄せて、

「帰ろう、おうちに帰ろう……」

おきよは、吉次郎の手を引いて橋の袂に這い上がり、人の目を避けるようにして家路に向かった。

この時ほど、紀州屋を出たことを後悔したことはない。

姑にどれほど虐められようが、吉次郎を一人前に育てるためには紀州屋で辛抱するべきではなかったのか。軽率だったと思ったのだ。

だが、もう後の祭りだった。なんとかして銭を稼がねばと、この時から心を鬼にして吉次郎一人を長屋に置いて、おきよは口入屋から仕事をもらって働き始めた。だが暮らしは少しも楽にならなかった。手間賃の安い仕事しかなかったからだ。

「そんなある日のことでした……」

おきよはここで、話を止めて息をついだ。その息が震えているのを、お登勢も十四郎も気づいて見守る。

おきよは、思い切った口調で言った。

「仕事帰りに大雨に遭いました。傘も持っていなかった私は、小走りして長屋に急いでいたんですが、上之橋（かみのはし）を渡りきった袂の草むらの中に、財布が落ちているのを見つけました……」

その時おきよは、立ち止まって雨に打たれながらその財布を見詰めていた。

ふと気づいて辺りを見渡すと、大雨のためか人の姿は見えない。

おきよは手を伸ばして、その財布を摑み取ると、慌てて中身を確かめた。

男物の財布で、龍神の刺繡（ししゅう）のある手の込んだものだった。中には八両という大金が入っていた。

「……」

おきよは、もう一度あたりを見渡した。

——これだけあれば、吉次郎に腹一杯食べさせてやれる。滞っている家賃の返済もできる。落ち着いて仕事も探せる。

めまぐるしくそんなことが頭の中を駆け巡り、おきよはもう一度辺りを見渡して人の影のないのを確かめてから、すばやく袂に財布を落とした。

急いでその場所を離れようとしたその時、

「待ちな」

近くの路地から、傘を差した男が出てきたのだ。

凍りついたように立ち尽くすおきよの側に、その男は傘を差して近づいてきた。男が差している傘に大粒の雨が落ち、大きな音を立てていた。

「その、今拾った金をどうするつもりだ？」

男は冷笑を浮かべている。相手の反応を楽しんで見てやろうという顔だ。四角く痘痕面（あばた）の赤ら顔には凄みがあった。

「ば、番屋に届けようと思って……」

後ずさりしながら、おきよは袂に入れた財布を取り出し、男の方に突き出した。

「ふっ、下手な嘘をつくもんだな。お前はその金をねこばばしようとしたんだ、違うか？」

突然男が懐から十手を出した。

「……」

おきよは恐怖のあまり、激しく首を横に振った。すると、

「まあ、いいじゃねえか。目をつぶってやってもいいぜ。そのかわり……」

男はおきよにぐいと近づくと、むんずとおきよの手首を摑んだ。

おきよは声を出したくても声が出ない。男にずるずるとひっぱられて、近くの空き地にある小さな小屋に連れ込まれた。

わずか四畳半ほどの小屋の中には、農具や縄や、ひとかかえはある藁の束が数個積み上げられていた。

男は、いきなりおきよの頰を二発張った。

「あっ」

転げたおきよの手から、財布が土間に転げ落ちた。

男はそれを拾い上げると、中身を取り出し、七両を自分の懐に入れると、一両

を倒れているおきよの体に放り投げた。

「おまえの取り分だ」

そう言ってにやりと笑うと、今度はおきよにおおい被さってきた。

「止めて下さい！」

おきよは近づけてくる男の顔を両手でとどめる。だが、男の力に勝てる筈もない。

「いやー！」

大声で叫んだ時、表に人の声がした。

男も、はっとして手を止め、おきよの口を自分の掌で塞ぐと息を詰めた。

「おかしいな……人の声がしたようだが……」

表の声は呟きながら、破れた板壁から小屋の中を覗いたようだが、異常がないと思ったのか去っていった。

男に押しつけられ、男の掌で口を塞がれていたおきよだったが、おきよはこの時、手の届く場所に鍬があるのを見ていた。

男が再びおきよを押さえつけ、おきよの襟を乱暴に広げた時、おきよは手を伸ばして鍬を摑み、男の背に打ち付けた。

「うわっ」

男は飛び退いた。

おきよは素早く立ち上がると、鍬を構えた。

「ちっ、とんだあばずれだ」

男は、唾を土間に吐きつけると、冷笑をくれて出ていった。

おきよは鍬を放り投げた。しばらく放心状態で座り込んでいたが、やがて土間に投げ出された一両小判を取り上げると、それを財布に入れて立ち上がった。

——このお金を使えば、あの男と同じになる。

おきよは雨の中を元来た道に戻ると、橋の袂の草むらの中に財布を置き、足早にそこを去った。

「私の暮らしに暗い影がさしたのは、その時からでした」

おきよはそこまで話すと、やるせない目でお登勢と十四郎を見た。

お登勢は、おきよの目を見て言った。

「おきよさん、その男が岡っ引の力蔵なんですね」

「はい……」

おきよが頷いたその時、先ほどの下男が走ってきて言った。

「おきよさん、ご隠居様がお呼びだ」

「すみません、少しお待ち下さいませ」

　おきよはそう告げると、屋敷の方に走っていった。

「おきよさんは、ここのご隠居様のお世話もなさっているのです。食事のお世話から下(しも)の世話までなにもかも……足の具合も悪くて一人では何もできねえんでございますよ」

　そう告げて引き返そうとした下男に、

「いつからおきよさんはこちらで暮らしているのだ」

　十四郎が訊いた。

「へい、もう七年になります。七年前にご隠居様は深川の八幡宮(はちまんぐう)にお参りしました。あっしもお供をしていたんですが、持病の癪(しゃく)で突然苦しみだして……その時通りかかったおきよさんに介抱してもらったんでございやす。ご隠居様は若いご夫婦との仲がうまくいってなかったものですから、ご自分の世話をしてくれないかと、おきよさんに頼んだんです。ちょうどおきよさんも今川町からどこかに引っ越ししたいと考えていたらしく、二つ返事でこちらにやって参りやして……」

十四郎は頷いて、

「もうひとつ教えてくれ。力蔵という男は、ここにおきよさんがいることを知っているのか？」

下男の顔が曇った。頷いてからこう言った。

「お侍様、あんな悪党はみたことがございやせん。どうしてあんな男が十手を持っているのか……理由は知りませんが、あっしはおきよさんがあの男に脅されていることを知っています。あっしは女房と娘を亡くしましてね、おきよさんを自分の娘のように思っているんです。そのおきよさんを脅すなんて許せねえ。だが力になってやりたくても、その力がねえ。どうか、おきよさんの力になってやって下さいやし」


十四郎とお登勢は、おきよが母屋の屋敷から帰ってくるのを待つことになった。

二人は、傾き掛けた日差しがわずかに差し込む上がり框に座りながら、離縁した女が子供を抱えて生きる厳しさを、しみじみと考えていた。

良策は浮かばなかった。やりきれない思いを抱いて座る二人の耳朶に、屋敷の周りに植わっている木々から蟬の声が聞こえてくる。

じーじーと鳴くのは秋の蝉だ。しばらくして、ひぐらしと分かる蝉が鳴き始めた。

二人は顔を回して、主のいない奥の部屋を眺めた。四畳半の畳の部屋には、縫いかけた着物が広げてある。おきよが糧にしている仕立て物だった。この家には不釣り合いな友禅の美しい布が見える。

竈には鍋が掛かっていて、壁の前には吉次郎と二人の食器が並べられ、部屋の壁には吉次郎の着物が掛かっていた。

それはまだ袖を通していない新品の綿の着物だった。おそらく明日から奉公する呉服屋に行く時に着せたくて、おきよが縫ったものに違いなかった。

慎ましい暮らしが狭い部屋の中に満ちていた。

おきよと吉次郎は、この侘しい蝉の声を聞きながら、いつかきっと幸せを摑もうと望みをつないできた筈だ。

細々とした暮らしの中に、母と息子の幸せな日々がここにはあった筈だ。

お登勢と十四郎の脳裏には、肩寄せ合って明日を語る母と息子の姿が見えるようだ。

それがどうして投げ文をしなくてはならなくなったのか。

母屋の屋敷からまもなく戻ってきたおきよを、二人は痛々しい目で迎えた。

だがおきよは、母屋から戻ると肚を据えたのか、最初にここにお登勢がやってきた時とは違って、動揺の色はなかった。

「申し訳ありません。私たち親子は、こちらのご隠居様のお陰で暮らしてまいりました。日々の暮らしのお金は仕立て物をして過ごしてきましたが、お家賃はご隠居様のお世話をすることで許していただいております。このままあの男の目にとまらなければ、投げ文をすることもなかったのですが……」

おきよは顔を曇らせる。

「おきよさんが今川町からこちらに移ってきたのは、ひとつには力蔵の目から離れたい、そういう気持ちがあったのですね」

お登勢の問いにおきよは頷いた。そして、

「ここに引っ越してきてから、出来上がった仕立物も日本橋の呉服屋『嵯峨屋』の手代さんが取りに来て下さって、外に出ることはありませんでした。外に出れば、どこであの男に会うかもしれない。私にとっては、ここの暮らしは最良でした。ところが、吉次郎を奉公させないかと嵯峨屋さんからお誘いを受けまして、それで親子で挨拶に伺った帰りに、ばったりあの男に会ったんです……」

力蔵は、その時は何も言わずに遠くから見過ごしてくれたのだが、数日後にここに現れたのだった。そして、

「久しぶりだな。随分捜したぜ……」

土間に入ってくるなり、上がり框に腰を据えた。

「すまねえが、煙草を吸わせてもらうぜ」

おもむろに煙管(キセル)に煙草を詰めて一服し、じろりとおきよを見た。

蛇のような目に、おきよは身をすくめた。大声を出すことも考えたが、屋敷の者に力蔵との関わりが知れるのを恐れてできなかった。

「怖がらなくてもいいんだぜ」

力蔵は灰を茶碗に落とすと、煙管を持ったまま、

「倅が嵯峨屋に奉公するらしいじゃないか。めでてえことだ」

そう言ったのだ。

おきよは震え上がった。

「めでてえが、おまえさんがねこばばした話を嵯峨屋にしたら、どうなる」

力蔵の脅しが始まったのだ。

おきよは咄嗟に、財布は元に戻したと言ったのだが、力蔵には通用しなかった。

それどころか力蔵は、おきよが紀州屋の内儀だったことまで調べ上げていた。

「なに、おめえたち親子をとって食おうなんていう話じゃねえんだ。ここは持ちつ持たれつの話だ。おまえさんも紀州屋に離縁されて恨みに思っているだろ……。どうだね、紀州屋に一泡(ひとあわ)吹かせてやるというのは……」

力蔵はそう言ったのだ。

「私は紀州屋を恨んでなんかおりません」

おきよは言った。だがそんな言葉で引き下がる力蔵ではない。

「なあに、大したことじゃねえんだ。噂では紀州屋の蔵には金がうなっているというじゃねえか。それを少し分けてもらいてえだけだ」

「！」

驚いたおきよに、

「おめえさんに盗んでこいなんて言ってるんじゃねえぜ。紀州屋の間取りを教えてくれたらそれでいいんだ」

「できません、お帰り下さい！」

立ち上がって奥に行こうとしたおきよに、

「断れば、倅が奉公できないばかりか、命だってどうなるか……倅を助けたかったら俺の言うことを聞くんだな」

　その言葉に、おきよはまた力なくそこに座った。

「なに、今日でなくてもいいんだ。三日後にまたくらあ。間取りはそれまでに描き上げておいてくれ」

　力蔵はそう言って立ち上がると、

「いいか、これが最初で最後だ。言うことを聞いてくれたら、金輪際おめえさんに付きまとうことはしねえ。約束する。ただし……」

　力蔵は、急に恐ろしい顔で睨めつけると、

「おめえが描いた間取りが違っていたその時には、倅の命はねえ、覚悟しなくちゃいけねえぜ」

　言い置いて帰っていったのだった。

「私は悩みました。別れたとはいえ、恩ある家です。でも、吉次郎は私の命……考えた末に、間取りを描いて渡しました。でも、でたらめです。押し込めばバレる筈です……その時には、もうここにはいられなくなります。吉次郎とどこかに逃げなければなりません」

　おきよの顔は恐怖で引きつっている。

「そうか、それで番屋に投げ文をな」

十四郎が訊く。

「はい。岡っ引が押し込みに手を貸しているなど信じられませんでしたが、あの男ならやりかねない。それなら前もってお奉行所に知らせれば捕まえてくれるんじゃないかと……いえ、どうしても捕まえてほしくて」

おきよは必死の顔だ。

「その日が近々なんですね」

お登勢の言葉に、

「はい。最初に投げ文をした時には、何時だというのは分かりませんでした。でも、間取りを渡した時に、私もお金がほしい、分け前を下さい、何時なのかと訊いたんです」

「なんと……」

十四郎は苦笑した。

とても目の前のおとなしそうな女が、そんな危険な言葉を発するなどと考えてもみなかったのだ。

「ここでなんとかしなければ、私たち親子はずっとあの男の餌食にされる、いえ、命を狙われます」

　お登勢は頷いた。

「あの男は私がお金を欲しいと言った言葉を真に受けたようでした。三日のうちには決行する。おめえにも分けてやると……それで私、下男の波平さんに頼んで、二度目の投げ文を致しました」

「二度目は、おきよさんではなかったんですか」

　おきよは頷き、

「私は見張られているかもしれない、そう思って……でたらめの間取りとはいえ教えてしまったため、その罪の重さを思うといてもたってもいられなくて、誰にも話せず苦しんでおりました。どうか力を貸して下さい。お願い致します」

　おきよは両手をついて十四郎とお登勢の顔を見た。


　この夜、三ツ屋の二階に、十四郎にお登勢、藤七、金五、そして松波が集まった。

　まず十四郎とお登勢が、おきよに会った話を皆に伝え、万が一があってはならないと、七之助と鶴吉をおきよの長屋に張り付かせていることも報告した。

「明日は吉次郎が奉公に出る日だ。それには俺が付き添っていく」

　十四郎が言った。すると松波が、

「力蔵という岡っ引だが、南町の杉山敬吾という臨時廻りの手下だと分かった。こちらはうちの日下部と手下の平助が張り付いている。杉山にはまだ知らせていない。どうしてそんな男を自分の手下にしたのか解せぬこともある。また力蔵を泳がせて、奴が誰とつるんでいるのか、それを見極めなければならぬ。いくらおきよに紀州屋の間取りを書かせたといっても、一人では押し込みはできぬ」

　皆の顔を見渡して言った。

「松波さん、十四郎とお登勢殿の話を聞けば聞くほど、力蔵という男はこれまでにも盗賊たちと関わりをもってきているのではないかと思えるのだが、何か心当たりはないのですか」

　金五が訊いた。

「それだが、ひとつ頭に浮かぶのは、猫目の宇兵衛という盗賊だ。宇兵衛は年に一、二度押し込みに入っている。奴の特徴は、押し込みをする手下は数人だといわれているが、苦労をせずに、まんまと金蔵に入っているのだ。けっして入った先で迷うことなく蔵にたどり着いているのだ。引き込みを店に入れている訳ではないのにだ。それなのに正確に蔵や金箱のあるところにたどり着くということは、事前に嘗役から情報を買っていると見てきたんだが」

松波は皆の顔を見渡して言った。

嘗役というのは、盗みに入る商家などを調べ上げる役のことだ。金がどれだけあるのか、間取りはどうか、奉公人の数はどうなのか。あらゆることを調べ上げて盗賊の頭に売り渡す。

そのかわり報酬はたっぷりもらう訳だが、押し込んだ先の金子の額によって百両や二百両となることもある。

これで生計を立てている者もいると言われていて、何食わぬ顔で善良な者たちに混じって暮らしているから、奉行所もなかなかその実態は摑めないのだという。

「するとだな、ひょっとして力蔵という岡っ引は嘗役かもしれぬな」

金五が言った。

「俺もそれを考えてた」

十四郎の相槌に、

「とんでもない野郎だな。許せぬ」

金五は手もとのお茶を、がぶりと飲んだ。

「いずれにしても、投げ文の通りに押し込むのなら、ここ二、三日のうちに決行するということだ。北町の役人が張り込んでいるとはいえ、盗賊の人数によっては心許ない。俺も手伝うつもりだが、金五、おぬしも頼むぞ」

十四郎の言葉に、金五はむろんだと胸を叩いた。

「近藤様にまで手助けをお願いするのは申し訳ないのですが、やはり私は、このたびのことを知るほどに、御用宿はどうあるべきかと考えてしまいました。私たちは不幸せから救いたい思いで手を貸しているのですが、おきよさんがこれまでに辿ってきた道のりを考えますと、私どものしたことは本当に正しかったのかと……。別れたら幸せになってほしい、今度こそ幸せを摑んでほしいと願っているというのに、おきよさんは、別れて良かったとは言い難い。ですからここで、おきよさんを苦しめてきたものを断ち切って、今度こそ幸せになってほしいと思うのです。今回の仕事は、橘屋始まって以来の異質な仕事かもしれませんが……」

お登勢は言った。

みんな頷いて一瞬黙った。だが、まもなく金五が言った。

「賭けだな。離縁するのも、しないのも……」

すると今度は藤七が、

「しかし、おきよさんの場合は、喜兵衛さんの心には未だにおきよさんがいるってことです。おきよさん次第で、元の鞘にさやおさまるってこともできるのですから……」

「そうだといいのですが……」

お登勢はため息を吐いた。

「もうひとつ、新しく分かったことがある」

じっと耳を傾けていた松波が言った。

「紀州屋が襲われた時のことだ。襲った男が現場に根付ねつけを落としていったようだ。蛙の根付だった。薬籠やくろうか煙草入れか、いずれかについていたものらしいが、根付の持ち主が分かれば、紀州屋襲撃犯に近づくのは間違いない」

「よし、そうなれば一挙解決となるな。そうと決まったら、どうだ、お登勢殿、一杯頂けませんか」

金五がおどけて手を合わせた。

「近藤様……」

お登勢は睨むと、笑って立っていった。

一息ついた皆の耳朶に、隣室にいる男たちの酔っ払って上機嫌の声が聞こえてきた。

三ツ屋の店は、今佳境だった。

七

北町奉行所同心日下部の手下の平助が橘屋にやってきたのは、翌早朝だった。

お登勢が玄関に出向くと、

「力蔵がここ数日、一日に一度は立ち寄る家があります。どうやらそこが盗人宿ではないかと日下部の旦那は言うのですが、急ぎこちらに知らせるように言われやして」

平助は言った。盗人宿とは盗賊たちの隠れ家だが、人の目をごまかすために表向きの商いを堂々とやっていたりするから見分けがつきにくい。

張り込みに苦労をしているのか、平助の顔には疲れが見える。

「よし、案内してくれ」

奥から藤七と出てきた十四郎は、腰に刀を帯びながら土間に下りた。

「藤七、吉次郎を頼む」

十四郎は吉次郎を奉公先まで送る役目を藤七に頼むと、平助と橘屋を出た。

「所は松坂町です」

平助は足を急がせながら十四郎に告げた。

回向院の東の町だ。赤穂浪士が討ち入りをした吉良上野介の屋敷があったところだ。

十四郎を案内したのは、どこにでもある仕舞屋だった。

右隣は下駄屋、左隣は雑穀屋で、同心の日下部は雑穀屋の軒下で見張っていた。

「奴はいま中にいるのだな」

十四郎が尋ねると、

「います。まだ出てきていませんから」

日下部は言う。

「主の正体は分かっているのか」

「私が調べたところ、隠居です。といっても、まだ五十そこそこかと……」

「ふむ、名前は？」

「ここら辺りじゃ与兵衛で通っています」

「与兵衛……」

「与力の松波様がお伝えしたと思いますが、猫目の宇兵衛が偽名を使っているのではないかと思われます」

「顔は見たのか」

「いえ、私はまだ見ていません。ですが、ここの雑穀屋の話では、筋肉質の強面の男だそうです。このところ通ってくるのは怪しげな男ばかりのようですが、普段は回向院門前町あたりにいる遊び女が、入れ替わり立ち替わりやってくるそうです。その女の話では、隠居は腹に小判を巻いて座っていて、女に金をばらまいているということですから、尋常ではありません」

「すると今、中にいるのは力蔵だけなのか」

「いえ、貸本屋が一人、十四郎殿がここに来る少し前にやってきました」

「貸本屋か……ひとつためしてみるか」

十四郎は雑穀屋の女房を手招くと耳打ちして、その時を待った。

その間に十四郎は、

「そうだ、調べてほしいことがあるのだが……」

と日下部に言った。

八年前に深川の上之橋の袂に男物の財布が落ちていた筈だが、あの辺りの番屋に財布が届けられた形跡がないかどうか当たってほしいと頼んだのだ。

「財布は龍神の刺繍がある高価な物で、一両入っていた筈だ。この話はおきよに関わる話で、力蔵を追い詰める大きな材料のひとつでもある」

「任して下さい。番屋に届けてあれば、さして調べに時間はかかりません」

日下部は頼もしくそう言った。その時だった。

「出てきました」

日下部が言う。

確かに仕舞屋の表に、貸本屋姿の男が出てきたところだった。

十四郎たちは、慌てて雑穀屋の店の奥に体を隠した。そして女房に合図した。

なんと女房は紅まで付けて、前垂れで手を拭きながら表に出た。色気たっぷりに、

「もし、貸本屋さんだね」

呼び止めて近づいて、

「何か面白い本があれば貸してほしいんだけど。そうね、近頃はやりの人情ものとかさ」

男の顔を覗いたが、

「いや……」

　男は皆まで聞かずに女房の言葉を遮った。

「すまねえ、全部貸し出しちまった。隠居は退屈しのぎに本ばかり読んでるから
ね。隠居のもとにやってくると、皆借り上げてくれるんだ。次に頼むよ」

　貸本屋は逃げるように帰っていく。

　すぐに平助が、後を追う。

「旦那、これで良かったのかね」

　女房が十四郎に問う。

「役者も顔負けだ」

　十四郎がそう言うと、

「旦那、冗談ばっかり」

　女房はまんざらでもない顔でにっと笑って、

「お茶、欲しいでしょ……今お持ちしますね」

　赤い唇でそう告げると、上機嫌で店の奥に引き上げていった。その時だった。

「今度は力蔵です」

　日下部が十四郎に囁いた。

――あの男が力蔵か……。

おきよに聞いていた通り、力蔵は醜い痘痕面の男だった。

用心深くあたりを見渡してから、仕舞屋から出てきた。

「よし、奴は俺がつける。日下部さんはここで張っていてくれ」

十四郎はそう言い置くと、力蔵の後を追った。

力蔵は回向院を過ぎると両国に出た。

芝居小屋がかかって賑やかな人混みの中を、黙々と歩いて両国橋を渡った。

そして南袂で蕎麦の屋台を出している若い男に耳打ちすると、すぐにそこを離れて、横山町の大通りから浜町堀に出て、今度は浜町堀を南に下って、富沢町の縄暖簾に入った。

白粉をこてこてに塗った女が、けだるい顔で力蔵を迎え入れた。

――女か……。

十四郎は、差し向かいにある飯屋に入った。

縄暖簾の表が見渡せる場所に陣取り、注文を取りに来た女将に、

「何か食べさせてくれ。女将のおすすめのものでいい」

十四郎がそう言うと、

「うなぎ飯ならすぐできるよ。それでいいね」

女将は十四郎の返事も聞かずにさっさと決めて、帳場に引き返した。

とっくに昼は過ぎている。腹ぺこだった。時刻はまもなく八ツ（午後二時）になろうかというところだろうか。店の中は閑散として、客は十四郎一人だった。

うなぎ飯はすぐに運ばれてきた。

「旦那、向かいの店に気があるようだけど、止めときな」

窓の外を見ていた十四郎に言う。

「なぜだ、何かあるのか」

「やくざな十手持ちの亭主が、岡場所で拾ってきた女にやらせているんだけどさ、酒には水を混ぜているし、肴の味付けは悪いし、評判悪いよ」

女将は憎々しげに言う。

「そうか、評判は悪いか」

十四郎は相槌を打った。すると、

「ごろつきさ。なんであんな男に十手を持たせるのかね。この富沢町を十手でもって仕切っているのさ。だから商いで儲けなくても贅沢してるよ」

「羽振りがいいんだ」

「まあね。あの店だってどこで金を工面したのか、買ったんだから。しかも土地も一緒に買ったんですよ。岡っ引なんて、お手当もないのが普通なのに、おかしいよ。まあね、つい愚痴が出ちまった。けど、こっちは真面目に働いてんだからさ。中身で勝負だ。旦那、うちの店は酒も旨いよ、ほんとだよ」

さんざん向かいの居酒屋の悪口を並べてから、自分の店を宣伝して胸を張った。

「ほう、じゃあ酒も少しもらうか」

十四郎は言った。

「そうこなくちゃ」

女将は力強く言い、板場に引き上げていった。


「やっぱりここでしたか」

夕刻近くに平助がやってきた。

「隠居の方にもあれ以来動きはありませんので、押し込みは今夜じゃありませんね」

十四郎の前に座った平助に、

「貸本屋の正体は突き止めたのだな」

酒を注ぎながら十四郎は訊いた。

「へい。それですが、奴は貸本屋は表向き、実は石町の髪結床の主で長兵衛って奴でした」

「髪結床か……」

十四郎は頷く。

「十年ほど前には、どこかの髪結床で働いていたらしいんですが、七年前から石町の髪結床の株を買って主に納まったようなんです。いま髪結床の株は立地のいいところでは五百から八百両はするらしいんですよ。それを手に入れたっていうんだから驚きだ」

「株主から株と床を借りて主に納まるってこともあるだろうが」

十四郎は呟いた。

「それだって二百や三百は必要です。あっしが近所の者に聞いたところでは、全部自前だって言うんですから」

平助は鼻で笑った。

十四郎は頷いた。確かにどう考えても、一介の髪結床の奉公人が手に入れられる物ではない。

「今この江戸には千の数の髪結床の株がありやすが、長兵衛は他に、下谷の方にも店を持っているようですから」

平助の話を聞きながら、向かいの縄暖簾をふっと見ると、なんと戸が開いて力蔵が出てきたのだった。

「女将、勘定はここに置く」

十四郎は銭を置いて外に出た。

平助も出てきて、十四郎と肩を並べた。

力蔵は十手を振り回しながら町を横切ると、隣町高砂町（たかさごちょう）の小間物屋に入った。

「賭場だ」

平助が言う。

「前から目をつけているところで、やってくるのは素人（トウシロ）が多く、職人や商人の若旦那などが客なんです」

「よし、お前はここで待っていてくれ」

十四郎はそう言い置いて、一人で小間物屋に入った。平助を連れて入れば、最初から警戒される。

「旦那、何をさしあげましょうか」

店番をしていた老婆が、十四郎の顔を覗く。

「二階だな。俺も仲間に入れてもらいたい」

「二階……なんのことだか……」

老婆はあっちを向いてしらを切る。

「隠すな、俺は胴元の仲間だ」

十四郎は悪ぶって顎(あご)を撫でて冷笑を浮かべてみせる。

「胴元って、力蔵さんの友達なのかい」

老婆の物言いがとたんに丁寧になった。

「そうだ。一度遊びに来るよう誘われている」

「なあんだ、旦那、早く言って下さいよ」

老婆はにっと笑って、近くの階段を指さした。

十四郎は二階に上がった。

既にいくつもの蠟燭(ろうそく)の明かりを頼りに、お客が盆を挟んで壺振りの手元を見詰めている。

力蔵の姿はなかった。だが、

——世之介……。

驚いたことに、紀州屋喜兵衛の従兄弟で、店の後継者に早く指名しろと詰め寄っていた、あの男が場慣れした顔で一角に陣どっているではないか。昨日今日ここに来たとは到底思えなかった。

世之介は十四郎には気づいていない。壺のサイコロが半とでるか丁とでるか、目を皿のようにして見詰めている。

十四郎は人の後ろの、蠟燭の明かりが薄くなっている場所に座った。

「丁半そろいやした。参りやす。四六の丁!」

壺振りが声を上げた瞬間、客たちの落胆する声が部屋に満ちた。

世之介はというと、自分の前に札が集まっているところを見ると、賽の目は当たっていたようだ。

にんまり口辺に笑みをみせて、手をすりあわせて膝を直した。

するとそこに、奥から力蔵が現れて世之介の側に腰を落とした。

ひそひそと二人は言葉を交わすと、

「じゃあな」

力蔵は世之介の肩を叩いて奥に引っ込んだ。

世之介は札を持って立ち上がった。だがその時、

「………」

世之介が十四郎に気づいた。

世之介は札を放り投げて階下に降りて行った。

――世之介は力蔵とつるんでいるんだ。

十四郎はすぐに階段を駆け下りた。

階下に降りると、世之介が店の外に走り出るところだった。

十四郎も追っかけて外に出た。

「平助！」

十四郎の声に、平助が世之介を走って追っかける。

半町（約五五メートル）ほど走ったところで世之介がつまずいて、たたらを踏んだ。

平助がすばやく回り込んで、十手を出した。だが、

「な、なんだよ。俺が何したって言うんだよ」

世之介は声を上げ、引き返そうとして十四郎が迫っているのを見て立ちすくんだ。

「聞きたいことがある。一緒に来てもらおうか」

十四郎は、世之介にぐいと近づいた。

「私を誰だと思っている。紀州屋のあとを継ぐ世之介だぞ」

世之介は、金切り声で叫ぶ。

「おい、いい加減にしろ」

平助が十手を世之介の喉元に突きつけて、

「この十手は、力蔵の野郎のように薄汚れちゃあいねえんだ。言うことを聞かないなら、いきなり小伝馬町（こてんまちょう）にぶち込んでやる！」

「……」

世之介はへなへなとそこに座った。

八

まもなく世之介は、高砂町の番屋の土間に座らされていた。

「私が何をしたというのですか。いくらお役人とはいえ、こんなことが許されていい筈がない」

世之介は激しい口調で言いつのった。

「いいか。まもなくうちの旦那も、与力様もやってくる。それまでに正直に吐けば、お前の罪は軽くなる」

　平助が諭すように言うが、世之介はきっと顔を上げて、

「何のことだか、私にはさっぱり分かりません。親分はこちらの旦那に騙されているのではありませんか」

　なんと世之介は、十四郎のことをそう言ったのだ。

「馬鹿なことを言うもんだ。いいか、もう一度言うぞ。役人も人間だ。お前の態度ひとつで、お前の罪は軽くなる。どうせあの力蔵にいいように引き込まれて、手助けしたに違いないんだからな」

「ふん」

　あっちを向いた世之介に、十四郎は言った。

「お前は先ほど力蔵となにやら話していたようだが、紀州屋押し込みの話じゃなかったのか」

「紀州屋押し込み……知りませんよ、そんなことは」

「そうかな、お前は紀州屋の跡取りになりたかった。だが、その話がうまくいかなくなって腹いせに力蔵に垂れこんだんじゃないのか、紀州屋の蔵には金がうなっていると……」

「ばかばかしい」

と言った世之介の顔に、すっと動揺が走ったのを十四郎は見逃さなかった。

「このままいったら、紀州屋は別れた女房との間に出来た吉次郎のものになる。お前も、お前のおっかさんも焦っていた……違うか」

「ふん……」

世之介は十四郎をきっと睨み、

「そうやって犯してもいない罪をなすりつけるんですかね。濡れ衣がどうやって着せられるのか、今はっきりと分かりましたよ」

世之介はどこまでも逆らう気のようだ。

「しぶとい奴だ、これが火付盗賊改方なら拷問にだってかけられるのに」

歯ぎしりする平助に、世之介は冷笑を送るが、

「世之介」

十四郎は、横を向いていた世之介の顔を、顎を摑んでこちらに向けた。

「どこまでもしらを切るなら言ってやる。お前は紀州屋を襲って殺そうとしただろう」

きっと十四郎は世之介を見た。

世之介の目が泳ぐのを見て畳みかけた。

「お前はしらを切りたいだろうが、証拠（あかし）がある。ひとつは、お前も内心誰かに知られていないか怯えている筈だが、あの時偶然出くわした者がいたんだ。あれは俺の知り合いでな。町医者だが、お前のその、ちゃらちゃらとした着物を見ていたのだ。それともうひとつ……」

十四郎は、世之介が腰に付けている煙草入れを引き抜いた。

見事な茶色の皮袋に、前金具は牡丹（ぼたん）の花。ざっと見たところ、一つ提（さ）げ煙草入れだが、付いている筈の根付がなく、文銭数枚をくっつけて根付の代わりにしているのだ。

「世之介、これに付いていた根付はどうしたんだ」

十四郎は世之介の顔の前に、その煙草入れを突き出した。

一つ提げ煙草入れとは、煙草入れだけを腰に提げるために根付がついている。そして煙管は袂落としという袋に入れるのだ。

袋も前金具も一流品なのに、なぜ根付が文銭なのかと、十四郎は訊いたのだ。

「私の趣味だ」

世之介はうそぶいたが、明らかに顔の色が青くなっている。

「嘘をつけ。おまえは紀州屋を襲った時に煙草入れを落としてしまった。それに気づいて慌てて拾って帰ったのだが、根付が付いていないことに気づかなかった。おまえが落とした蛙の根付は、俺の知り合いの医者が拾ってな、俺がもうとっくに調べている。おまえが特注して作ってもらったものだと分かっている。このことは、俺とここにいる親分しか知らないことだがな」

十四郎は揺さぶりを掛けた。

と言っても、まだ蛙の根付については、日下部に調べを頼んだばかりで結果は出ていない。

根付の話を出したのは大きな賭けだった。平助もそれを知っているだけに、案じ顔で見ている。

だがもはや、そんなことは言ってはいられなかった。

おきよの話では、押し込みは二、三日のうちに行われるという。

今夜はその動きはなかったが、明日か明後日か、その日を摑むのが今は何よりも大事だ。

紀州屋に押し込まれれば、金を奪われるだけでなく、おきよが書いて渡した間取りに嘘があることが分かる。

そうなれば、おきよ親子の命に関わることにもなってくるのだ。

十四郎は煙草入れを、世之介の目の前でぶらぶら揺らしながら、世之介の反応を待った。

はたして、世之介はがくりと肩を落とすと、

「血迷っていたんだ……どうかしてたんだ」

泣き出しそうな声を発した。

十四郎は平助と顔を見合わせた。世之介は呟くように話し始めた。

「私は、母親からせっつかれていた。喜兵衛を納得させて店を我が家のものにするようにと……幼い頃から何をやっても兄貴と比べられて、私は家にいたくなかったんだ」

伯母にあたる紀州屋の隠居が亡くなる前に、紀州屋の跡取りに世之介をと遺言してくれたのは、自分にとっては転機だった。

母は舞い上がるし、自分もこれを逃せば次男坊の厄介者で暮らさねばならないという強迫観念に襲われていた。

ところが、伯母が亡くなってけっこう経つのに、喜兵衛から何の知らせもなかった。

それどころか、母の話では、喜兵衛は別れた女房との間の倅を後に据えようとしているのだという。

ちょうどそんな頃に、悪所通いを始めた世之介は、力蔵と出会った。

力蔵にその話を漏らすと、お前の敵は俺がかわりにとってやる。押し込みに入れば、何も養子に入らなくても紀州屋の金は頂きだ、そう言ったのだ。

世之介は一瞬腰が引けたが、強面の力蔵に睨まれると、もう後には引けないと覚悟を決めた。

力蔵はそうと決めると、世之介に紀州屋の間取りを教えろと迫ってきたが、世之介は詳しい間取りなど知らなかった。

なにしろ幼い頃に遊びに行ったきり、訪ねたこともなかったからだ。

すると驚くことに、力蔵はおきよの名を持ち出したのだった。

力蔵とおきよの昔に何があったか知らないが、力蔵はおきよのことを調べ上げていた。

「あの女、いつか役に立つと思ったのさ」

力蔵はそう嘯いていた。

世之介が知らずとも、おきよを脅せば間取りは手に入る、任せておけと言うのであった。

この時、世之介は思ったのだ。いっそのこと、喜兵衛が後継ぎを決める前に亡くなってくれれば、何もかも一気に解決するではないかと。

それで喜兵衛を襲ったのだ。だがこれは失敗に終わってしまった。

一方で力蔵は、おきよを脅し、紀州屋の間取りを描かせ、それを松坂町の隠居の与兵衛に売っていた。

力蔵はぬかりなく、着々と計画を進めていたのだった。

世之介も襲撃には失敗したが、押し込みが成功すれば、分け前はもらえる。力蔵にはその約束も取り付けていた。

襲撃に失敗した今、もはや鬱憤を晴らすのは力蔵のいう道しかないと世之介は思っていたのだ。

「あと一歩で、喜兵衛に一泡吹かせてやれたのに……」

計画が頓挫した世之介は、そこまで話すと唇を嚙んだ。

「馬鹿なことをしたもんだな、世之介。松坂町の与兵衛のことだが、本当の名は宇兵衛だな」

「いや……」

世之介は与兵衛としか聞いていなかった。

もっとも、世之介のような頼りない男に、力蔵も猫目の宇兵衛も本当の名など話す筈がない。世之介はいいように使われていたのだ。

「押し込みは何時やるんだ。聞いている筈だ」

十四郎が睨んだ。世之介は怯えた目で言った。

「明日です。明日の夜四ツ（午後十時）」

「よし」

十四郎は平助と顔を見合わせると立ち上がった。


この夜、紀州屋の店がある小船町一丁目は闇に包まれていた。

軒行灯があたりに光を投げかけてはいるが、その光が届くのは軒から一間ほどだ。

その先の堀端通りも船着き場も、弱い月の光だけでは、そこにあるのが物か人か判然とはしない。

ただ、堀は黒くて鈍い光を反射していた。不気味な静寂の中に、世之介から聞いた押し込みの時刻が、刻々と近づいていた。

十四郎はこの朝、喜兵衛に会って事情をすべて話し、奉公人三十三人と喜兵衛に、別宅に移動してもらったのだ。

そして松波の指示で日下部が頭となり、平助と北町奉行所の捕り方十名を引き連れて、紀州屋の表の物陰に待機させたのだ。

紀州屋の表には空き樽が積み上げられ、荷車も多数置かれていて、人が潜むのに苦労はしない。

また、紀州屋の店の中では、十四郎、藤七、七之助、鶴吉など橘屋の者たち、それに金五と千草も勇ましく襷掛けで助勢に入り、猫目の宇兵衛一味を待ち受けているのだった。

松波の話では、猫目の宇兵衛一味は多勢ではないということだ。店の中を熟知して入るので、人手をかけずに手早く盗みをすることをよしとするのだそうだ。

猫目と名がついたのは、猫のように暗闇でも軽々とやってのけるということらしい。

夜の四ツの鐘が鳴りはじめた。

表で待機している者、店の中で待ち受ける者、いずれも固唾（かたず）をのんでいた。

特に、今回初めてこういう危険な仕事の仲間入りをする七之助と鶴吉の緊張は尋常ではない。

二人は樫(かし)の木の木刀を与えてもらっているが、相手は匕首を呑んで入ってくるのは間違いない。怖くない筈がないのだ。

「おい、おめえ、震えていねえか」

七之助が聞けば、

「それはおまえのほうじゃないか。任しておけってんだ」

鶴吉は袖を捲(まく)りあげて力こぶを見せた。すると、

「そこの二人、怪我でもしたら後で厄介だ。おまえたち二人は、俺たちが打ちすえた奴に町方が縄を掛けるのを手伝うのだ」

金五に言われた。端から人数の中には入っていないようだ。

「近藤様、そりゃないでしょ」

七之助はいきり立つが、

「金五の言う通りだ。おまえたちはこれから橘屋を背負(しょ)って立つ一員になる。よおく見ておけ」

十四郎の言葉に、七之助と鶴吉は頷くほかなかった。

その時だった。表で声がした。

「ご用心、火の用心！」

毎度のことながら、見回りの爺さんが拍子木を叩いて通り過ぎたのだ。

「そろそろだな」

金五が皆に合図を送ると、それぞれが持ち場に走った。

はたして、表で待機している日下部は、伊勢町堀に一艘の小舟が滑るように近づいてくるのを見ていた。

「あれだな……」

身を潜めるよう合図をして闇に目を凝らしていると、小舟は紀州屋の店の船着き場に入った。

総勢五人が乗っている。五人は無言で次々と小舟から飛び降りると、紀州屋の店の前ではなく横手に走っていく。

店の表は大戸が下りていてよじ登るという訳にはいかない。少し離れた場所なら塀から庭に降りることができる。

五人はそこから順番に紀州屋の庭に降りた。

「それ！」

日下部が合図を送ったその時には、中に入り込んだ猫目の一味は、家の間取り

図を見て、頭の男がこっちだと指を差し、迷うことなく一斉に走っていった。だが、

「待て……」

猫目の頭は目の前に積み上げられた空き樽を見て仰天する。

見渡すが、蔵などひとつも目の前にはない。

なんだ、どうしたんだと狼狽える一味に、突然積み上げられた空き樽が襲いかかった。

がらがらと大きな音を立ててなだれ落ちてくる。

「しまった、謀られたか」

猫目の頭が叫んだその時、引き返そうとした一味の前に、十四郎、金五、それに千草が刀の鯉口を切って、ぬっと現れた。

「誰だ！」

盗賊たちはひとかたまりになって聞き返してきた。

「猫目の宇兵衛、待っていたぞ。俺たちは縁切り寺慶光寺に繋がる者だ」

金五が威勢の良い声を上げげた。

「何……縁切り寺だと……」

流石の猫目の頭も混乱気味だが、その前に千草がずいと出て、

「加勢人だ。一人も逃がさぬ」

女剣士らしく言い放つ。

「なんなんだ、こいつらは……」

盗賊の一人が叫んだその時、

「御用だ、御用だ。神妙にしろ！」

日下部と平助が捕り方を従えて走り込んできた。

猫目の頭の合図で、盗賊たちは一斉に匕首を抜きはなった。

「ちくしょう、こうなったら殺っちまえ！」

七之助と鶴吉は、緊張した顔で右往左往するばかり。目の前の乱闘になす術もない。

まずは一丁上がりだと、金五が盗賊の一人をぶん殴って一間ほど吹っ飛ばすと、それを横目に千草も盗賊の一人の腕を捩じ上げていた。

その近くでは日下部たちが盗賊の一人を取り囲んでいて、少し離れた植え込みの所では藤七が平助とともに一人の盗賊を挟み撃ちにして、捩じ伏せようと窺っていた。

多勢に無勢、なんなく捕縛できそうだと見渡していた十四郎は、すっと盗賊の一人が裏木戸に走るのを見た。

十四郎はすぐさま追っかけていった。

盗賊が木戸に手を掛けたその時、

「猫目の宇兵衛、逃がさぬぞ」

十四郎は宇兵衛の背に言った。

はっとして振り向いた宇兵衛は、息もつかせず飛びかかってきた。

十四郎はその匕首を躱(かわ)すと、宇兵衛の手首を手刀で打った。

匕首は下に落ちた。十四郎はそれを拾い上げると、

「無駄な抵抗は止めるんだ」

じりっと詰めよる。

だがその時に、宇兵衛が懐に呑んでいた匕首を引き抜いて飛びかかってきた。

「うっ」

十四郎は不覚をとった。躱すのは躱したが、振り返った時、再び宇兵衛の刃が胸元に飛んできた。

十四郎は手にあった匕首でこれを払った。間髪(かんはつ)を容(い)れずその匕首を宇兵衛の胸

に突きつけていた。

　ぐいと喉元に切っ先を当てながら、

「もう終わりだ、観念しろ」

　十四郎が言った。

「ふっ……」

　宇兵衛は苦笑した。そしてその場に膝を折った。

　十四郎は宇兵衛の顔を覆っていた黒い手ぬぐいを剝ぎ取った。

　初老の、目の鋭い男の顔が現れた。

　日下部と平助が走り寄ってきた。十四郎に頭を下げると、

「猫目の宇兵衛だな」

　初老の男の顔を覗いた。

「ふん、やきが回ったとはこのことだ。好きにしてくれい」

　猫目の宇兵衛は、胡坐を組んで言い放った。

　翌朝力蔵は、富沢町の縄暖簾の店で寝込んでいるところを、南町の捕り方に急襲された。

指揮をしているのは、力蔵に十手を預け、手下として使ってきた南町臨時廻りの杉山敬吾だった。

杉山敬吾はそろそろお役を辞退しようかという年頃で、無事お役目を全うし円満に退くことだけを考えていた。

その矢先に、自分の手下が嘗役をやっていると北町奉行所から指摘を受け、仰天した。

すぐに上役の与力に相談して、早朝に踏み込み、捕縛するのを自分にやらせてほしいと願い出て許可をもらったのだった。

「旦那、これはなんの真似でございやすか」

捕り方たちに捕縛されながらも、力蔵は嘯いてみせたのだ。

「力蔵、おまえをわしの手下にしたのは、おまえがわしの知り合いの倅だったということもあるが、期待もしていたからだ。両国で悪い仲間とつるんでいたおまえを、わしは自分の手下にした。まさかそのおまえが嘗役だったとはな」

杉山の苦渋の言葉に、

「旦那、それは何かの間違いでございやす」

まだ言い訳をしようとする力蔵に、

「黙れ、見苦しい！」

杉山は一喝し、力蔵の頬を扇子で打った。

仰天した力蔵に背を見せると、

「引っ立てよ！」

杉山は捕り方たちに険しい声で言った。

九

数日後のことだった。

猫目の宇兵衛とその仲間たちの素性が分かった。いずれも日頃はまっとうな表向きの暮らしをしていると世間から見られていた者たちばかりで、松波や日下部も驚いたと聞いている。

力蔵が罪に問われたのはむろんのこと、猫目の宇兵衛一味も、近々斬首か遠島か決まるようだ。

力蔵は腹立ち紛れに、八年前におきよが財布を拾ってねこばばしたなどという話も披露したらしいが、その件については松波が調べてくれていたようで、おきよの無実は証明されていた。

おきよが一両を戻して橋の袂に置いた財布は、その翌日に近くの隠居によって拾われて、落とし主に返されていたのである。

龍神の刺繡の財布の持ち主は深川で暮らす元旗本の隠居で、八両入っていた財布に一両だけが残されていたことを不思議に思っていたらしい。

おきよの話が本当だったことが、それで証明されたのであった。

十四郎とお登勢は、その知らせを受けて、おきよに会った。

そして、吉次郎を父親の喜兵衛に会わせてやってほしいと説得した。

最初は首を縦に振らなかったが、吉次郎のためにも本当のことを話すべきだと強く言われて、おきよはようやく頷いたのだった。

ただ、当人が会いたくないと言えばそれまでの話だったが、吉次郎は、自分の父親が生きていることを聞くと驚いて、

「おっかさんが許してくれれば、会いたいです」

きっぱりと言ったのだった。

そこでお登勢と十四郎は、吉次郎を連れて紀州屋に向かった。おきよも一緒に行くよう誘ってみたが、

「こちらのご隠居様は、私がいなければお困りになります。私たち親子を温かく屋敷に入れて下さったご恩を、私はお返ししなければなりません」

おきよはそう言ったのだ。

屋敷の隠居は、おきよがいなければひとときも暮らせはしない。おきよの言うのも納得できた。

むろん吉次郎についても、勝手に店を出てくる訳にはいかない。奉公先の主には事情を話し、許可をもらってのことである。

十四郎たちが紀州屋の表に着くと、番頭の治助が慌てて出てきて、顔をほころばせて迎えてくれた。

治助の案内で喜兵衛のいる座敷に向かう廊下で、お登勢は吉次郎の顔を覗いた。

吉次郎は怖い物でも見にきたような、強い緊張が顔に表れていた。

「旦那様、お見えになりました」

治助が部屋の表で告げると、今や遅しと待ち受けていた喜兵衛の顔が見えた。

喜兵衛は臥せってはいなかった。布団を片付け、足を投げ出してはいるが、脇息（きょうそく）にもたれて座っていた。

十四郎とお登勢が、吉次郎の背を押すようにして部屋の中に入ると、

「よく来たな、吉次郎……」

喜兵衛は万感こもる声音で吉次郎に言った。

吉次郎はぺこりと頭を下げたが、言葉は発しなかった。まっすぐ父親を見ている。

「心配していたんだ、どんな暮らしをしているのかと……」

「……」

吉次郎は緊張したまま見詰めている。

「吉次郎さん……」

お登勢が吉次郎の耳に囁いた。

すると吉次郎は、今我に返ったように言った。

「おいらの、おとっつぁん……」

「そうだとも、おまえの父親だ。おまえは、この紀州屋の倅なんだ」

喜兵衛の声には熱がこもっている。だが、その熱は吉次郎には伝わらないようだ。

吉次郎は冷めた顔で訊いた。

「どうしておっかさんと別れたんだい……おっかさんのことも、おいらのことも、嫌いだったんじゃないのかい」

　喜兵衛は、はっとした顔で吉次郎を見た。

　お登勢は十四郎と顔を見合わせ、内心はらはらして見守る。

「すまない。おとっつぁんは、おっかさんのことも、おまえのことも、嫌いで別れたんじゃない。その時は大人の事情があったのだ。この通りだ、許しておくれ」

　喜兵衛は頭を下げた。吉次郎は表情を変えずに言葉を続ける。

「おいらが今日、ここに来たのは、そのことが知りたかったんだ。おいらは、おとっつぁんは死んでしまった、とても立派な人だったっておっかさんに言われてきたけど、おとっつぁんが生きているってことは知っていたんだ。おっかさんがお屋敷の下男と話しているのを聞いたんだ。でも、おいらは、おっかさんには言わなかった。知らない振りをしてきたんだ。だって、おっかさんは、おっかさんは寝る間も惜しんで働いて、おいらを育ててくれたんだ。それがどんなに大変なことか、おとっつぁんは分かるのか」

　責める口調の吉次郎に、喜兵衛は黙って頷いている。

「おいらはその時思ったんだ。今は知らない振りをしているけど、おいらが立派に大人になったら、おいらがおとっつぁんに訊いてみようって……おとっつぁんは、どうしておいらを捨てたんだって……」

喜兵衛も治助も、十四郎もお登勢も、吉次郎の言葉に息を詰めた。

お登勢が吉次郎に助言をしようと顔を寄せようとすると、十四郎が顔を横に振って止めた。

居合わせた者たちは、掛ける言葉もなく見守った。その時だった。

「おとっつぁん、おいらが嫌いじゃなかったんだね」

吉次郎は念を押した。

すると喜兵衛は、懐から一枚の紙を出して前に置いた。

治助がそれを吉次郎の前に置いた。

「……」

お登勢と十四郎は、両脇から覗いて驚いた。

それは、幼い子の手形だった。墨を掌につけて押したものだったが、もみじのようないたいけな手が、ぱっと広げて押されている。

「お前の手形だ。別れる時に押してもらった手形だ。おとっつぁんの宝物だった。肌身離さず持っていたんだ……」

喜兵衛の声は震えていた。

吉次郎はその手形を取り上げて、じいっと見詰めた。どれだけ見詰めていただろうか、やがてその双眸(そうぼう)から大粒の涙が溢(あふ)れ出た。

吉次郎は声を上げて泣き出した。

「こちらへおいで、吉次郎……」

喜兵衛が腕を伸ばすと、吉次郎は飛びかかるようにして喜兵衛の腕の中に顔を埋めた。

しばらく吉次郎の泣く声が部屋に響いた。

吉次郎は泣きながら訴えた。

「ばかばか、おとっつぁんの馬鹿。おっかさんは死のうとしたんだぜ。大川に身を投げて死のうっておいらを連れて行ったんだ……どうしてこんなことになったんだよ、なんで別れたりしたんだよ」

十四郎とお登勢は立ち上がって部屋を出た。

番頭の治助も、二人の後に続いて部屋を出てきた。

「あちらの部屋でお待ちを……」

治助が、むこうの部屋を指した。

お登勢は頷き、ふと庭に目を遣った。

澄み切った秋の光が、庭の前栽(せんざい)に落ちている。店の方からは活気に溢れた奉公人たちの声が聞こえている。

——幸せになってほしい……。

お登勢は、肩に手を置いて促す十四郎の顔を見上げて微笑んだ。


「ただいま楽翁様がお見えでございます」

寺務所の小者が橘屋にやってきて、十四郎とお登勢に寺に足を運ぶよう告げたのは、慶光寺の木立の中から秋の蟬の声がしぐれのように聞こえる昼過ぎのことだった。

吉次郎が紀州屋の跡取りとして正式に店に入ることになってほっとしたのも束の間、新しく駆け込み人がやってきて、話を聞いているところだった。

二人は駆け込み人を藤七に任せて、慶光寺に入った。

寺務所から玉砂利を踏んで、鏡池を左に見て、二人は蟬の声を聞き止めながら方丈に向かった。

廊下には金五と並んで深井輝馬が控えていて、十四郎の姿を認めると、輝馬は軽く会釈して笑みを浮かべた。

「お待ちだ」

輝馬は言って、方丈の中を目で示した。

部屋の中から、ころころと美しい万寿院の笑い声が聞こえている。

「お呼びでございますか」

十四郎とお登勢は、廊下に手をついた。

「何を堅苦しいことをしているのだ。入れ、ちこう」

楽翁は上機嫌で手招いた。

「はっ」

十四郎とお登勢は、部屋の中に進み出た。

「良いお知らせですよ、十四郎殿」

万寿院が言う。すると楽翁が、

「十四郎、そなたを本日をもってわが藩に迎える」

嬉しそうにそう言ったのだ。

「！」

十四郎は驚いて顔を上げた。

「わしの側に仕えてもらいたい。何、ずっと浴恩園に詰めろと言っているのではない。表向きはわしの側近とする。つまり道場もやってもらっていい。近頃は異国船が現れて、この江戸も物騒になったからな。藩士の剣術修行は大事だ。これまでとさして変わらぬ過ごし方でいいのだが、おまえの身分を確かなものにしろと万寿院様がうるさいのだ」

楽翁は、ちらと万寿院を見て笑った。

するとすかさず万寿院が、

「とかなんとかおっしゃって、ずっとそのお気持ちがあったのはどなたでしょうね」

そう言ってくすくす笑った。

「ありがたき幸せ……」

十四郎は平伏した。

夢にだに思わなかった仕官である。

十四郎の脳裏に、主家がつぶれ浪人となり、父を失い、母を失い、かつての許嫁も失って失意の中で暮らした長屋でのこと、そして橘屋に用心棒として雇われた日のことなどが、めまぐるしく駆け巡った。

まさか仕官が叶うとは思ってもみなかったが、運良くここに辿りつけたのは、今自分の側にいるお登勢のお陰だ。

十四郎は、ふっと傍らのお登勢の横顔に目をやった。

お登勢は、俯いたまま涙を流していた。

――お登勢……。

胸を熱くした十四郎に、楽翁の声が飛んできた。

「何をそこでもぞもぞしている。固めの盃だ、一杯やろう」

「楽翁様」

万寿院が諌(いさ)めるが、

「何、少しだけだ。お登勢、宿から酒と肴を運ばせろ。今日は無礼講だ。金五も輝馬も、みんなで飲もう」

慶光寺の方丈に、楽翁の嬉しそうな声が響いた。

（完）

あとがき

二〇〇二年十二月に第一巻『雁の宿』を出版してから十六年、本編十八巻で、この物語は完結といたします。

思えばこの「隅田川御用帳」は、私にとって意義深い作品となりました。

小説家としての処女作がこの「隅田川御用帳」の『雁の宿』でした。またこの処女作を出版するおり、イラストを蓬田やすひろ先生にお願いしましたところ快諾下さいましたことも、小説家として踏み出す私にとっては、大変大きな力となりました。

そして、第二回歴史時代作家クラブのシリーズ賞をいただいたのも、この作品です。文庫書き下ろしのシリーズ賞は他にはなく、知らせを受けたときには、静かな感動を覚えたことを思い出します。

また、このシリーズの出版は最初、廣済堂文庫でしたが、諸般の事情で光文社文庫が引き継いで出版して下さることになり、無事完結まで書き綴ることが出来ましたことは、より多くの読者の方の手にお届けすることとなり、幸いなことでございました。

小説第一作として離縁を主題にしたこの作品を書くに当たっては、男尊女卑の江戸時代に、女が離縁を勝ち取るのは、いかに大変であったのかを皆さんにお伝えしようと思ったのが発端です。

夫は三行半（みくだりはん）で離縁出来るが、女は通常の法的手段で離縁が出来ない時代だったのです。

そこで縁切り寺を深川（ふかがわ）に置いたのですが、弱い女の援護者として、美貌を備えた自立した女のお登勢を登場させ、事件に巻き込まれた夫婦を救うために、剣客で正義感の強い自由人、浪人の塙十四郎を登場させました。

物語を引っ張るのは離縁にまつわる話ですが、人の生き様や人情や葛藤（かっとう）を書き綴ったこの作品は、私の作品の中でも、最も私的な内面を映し出すことになったのではないかと思います。

幸せになりたい、いい家庭を築きたいと誰もが結婚する訳ですが、それがどこでどう間違ったのか、壊れて修復が出来ないようになった時の喪失感は、言葉では表せないのではないでしょうか。

夫にも言い分があった。妻にも言い分がある。それがうまく伝わらなくて、ねじれにねじれて破局に向かう道筋は、何度振り返ってもこみ上げて来るものがあります。

この十八巻の話の中でも、妻が風邪をひいて寝込んでいる時に、姑が「仮病じゃないのか、早く食事をつくりなさい」などと嫁を叱るくだりがありますが、これも実体験に近い話です。ただこれは、姑と嫁との関係になっていますが、夫と妻との間にも、これによく似たことはあると思います。

近頃の夫は家事も良く手伝う方が多いようですが、皆が皆そうではなく、妻が体調を崩したり、仕事や子育てで大変な時に「ご飯はまだ?」などと平気でいう夫もいるのです。

つくづく夫婦は思いやりが大切だと、それが無くては長くは続かないと思っています。

「隅田川御用帳」では、かなり辛辣に、歯に衣着せぬ言葉を夫婦双方がぶつけ合っていますが、これを読んで下さった方が、妻の言い分、夫の言い分に、はっと何か気が付くことがあれば嬉しい。そんな思いで書き綴って参りました。決して離縁を促す本ではありません（笑）。

たまった鬱憤を吐き出して、でもそのあとは仲直りして、笑って許し合う、そういう夫婦であってほしいと書いてきたのです。

私もここで離縁話から卒業します。新たな一歩を他の作品に書き綴ることにいたしました。

長い間読み継いで下さいました読者の皆様には感謝いたします。

お力をいただいた編集者の皆様にも感謝いたします。

平成三十年八月吉日

藤原緋沙子

光文社文庫

文庫書下ろし／長編時代小説

秋の蟬　隅田川御用帳(六)

著者　藤原緋沙子

2018年9月20日　初版1刷発行
2018年11月20日　2刷発行

発行者　鈴木広和
印刷　堀内印刷
製本　ナショナル製本

発行所　株式会社　光文社
〒112-8011　東京都文京区音羽1-16-6
電話（03）5395-8149　編集部
8116　書籍販売部
8125　業務部

落丁本·乱丁本は業務部にご連絡くだされば、お取替えいたします。
ISBN978-4-334-77706-7　Printed in Japan

組版　萩原印刷